# 時空を超えた放浪者

## 未知への手紙

片山光一
KATAYAMA Koichi

文芸社

目次

# 第一部　魂の放浪記

## 第二部　長い追伸

# 第一部　魂の放浪記

## ♪序曲――おたまじゃくし

異常発生なのか　おびただしい数の
おたまじゃくし
一様に　きょとんとした表情で
顔だけ水面に群がっています

池の面に　わずかな空間をおいて
細長の厚い板を六枚ほど並べ敷いた
廊下もどきの渡し場が
稲妻型に四つほど屈折しながら
向こう側へと　のびています
その途中で　ぼんやりと
かれらを眺めていると　足早に背後を

すれすれに過ぎながら若いひとが
「まるで飼育場ですね…二万匹くらい…」
わたくしがことばを　かえしたときには
声の主の気配は　やや遠のいていた

年間二万人前後の自殺者をだす日本
医療をめぐる問題も　からむでしょう
主には生活上の　経済事情かもしれません
世の大きなうねりに埋没ぎみの「貧困」
そこには　こころの「貧困」が生む「いじめ」も混じる
…政治の大切な課題か
そういったことの背景に　人生に対する
「ぼんやりとした不安」が漂っていないか

おたまじゃくしの見ひらかれた両眼が

何か話しかけているようです
からだは　大人びているけれど
うごきは　まだ鈍い
見つめていると幼児の自分が重なる…

信教家・知識人の「教え語りかけ」もあるでしょう
しかし　それだけでは手の届かない
表面化していない「層タイプ」がある

かぎられた世界に閉じこめられてはいても
かれらはそれぞれ　いのちを満喫している

経済関連では　よく「平均」が用いられます
その近くに　辛うじてでも　あるひとはいい

池の水面下に居住する　おたまじゃくし
干あがらせてはならない　水の補給は十分か

生きるうえでの「ぼんやりとした不安」感
これは異常感覚ではないでしょう

おたまじゃくしの世界では
仲間同士での「争い・戦争」は　ありそうにない
少なくとも「環境・自然」破壊とは縁がなさそう
ただ淡々と　いまを生きる

生きることの「意味」など考えない生き方も
あるという…　はなはだ不器用に自分の手で
生きることの「理由」を掴もうと
もがく「タイプ」もあります

そのうち　からだに変化が生じるのでしょう
希望に満ちて草地へと跳ねる
が　そこには天敵も待ちうけている
とりあえず　いまを水中に遊ぶか
この池の底が園内のどこか　広がりのある水源に
つながっているにちがいない　きっと…

# 一章　さがしもの

さがしものに時間をかけすぎていました。このままでは収穫期を逸してしまいそうです。作業内容は「人類の到着地点」と「生のあとの世界」についてです。

「──到着地点」は文字どおり、人類はどこをめざしてすすんでいるのか、このままいってもだいじょうぶなのかということです。気まぐれに舞台を設定してみました。これは「生のあと──」に付随して生じたものです。

「生のあと」は、心身にまつわりつく「死に対するおそれ」そのものと、それへの対処の方法です。「信教・さとり」の境地に、単独でも近づくことができるのかどうか、そのこころみです。幼児期からの難題でした。気がついたときには、これとの闘いなしには一歩もすすめない状態にありました。それは闘いというよりも苦しまぎれの、たんなる「のたうち」だったのでしょう。選択肢はありませんでした。

こどもの時期は、日数的にいってても死から遠く離れているのですから、安心がつよくていいはずなのに、そうとばかりはいえないようです。きっと本能的にそれの何であるかを感じとっているのでしょう。もしかしたら母胎に宿るまえに、いくつかの死の淵を経験してきているのかもしれません。それとも生まれること自体がそれ以前の生の終わり、ひとつの「死」を意味しているのでしょうか。長いながい泥んこの道でした。

そのうえ作業途中には「人間社会は偉大なる迷信集団か」という思いが、じゃまをして大分迷走しました。作業のおおよそはメモしてきたのですが乱雑すぎるので、このあたりでざっと整理してみる必要をおぼえました。三つのことが、からみ合いながら「思想・信教」などに問いかけていくことになります。「思想――」面は数点で「仏の教え」「日本の古い記」「聖なる書」「宇宙人説」「日本のおとぎ話」などです。いずれも大部の「書」です。そのうちの、ほんのわずかな部分への問いかけになります。

「聖なる書」ですが、その建物のかたちや宣教師などという呼び名からも西洋風という感じがつよくしますが、発祥は、地図でたどるとエジプトの少し右上、地中海、紅海の近くです。

そして「聖なる書」の創造主ひとりに対し、神話「日本の古い記」は、多数の神々というちがいがありながら、ほかの面で両者には、いくつかの類似点があるようです。「聖なる書」と「日本の古い記」は、同根かもしれません。
「仏の教え」は、幼い頃から家の中で一緒に暮らしていたような感があり、実質的にはあまり知らないのに、何となく親しみがあり、より自然なものという思いがあります。

はじめは「聖なる書」からですが、おおまかにいって「新しい契約」には思いやりとふしぎさ、「旧い契約」にはロマンと厳格さが感じとれました。「書」の生まれた地方ですが荒漠とした、きびしい自然環境であるといいます。そんなところからも、ものに対するきっぱりとした区別があり、動物のいのちと人間のいのちとは、はっきりとわけて考えられているようです。動物の肉を食することも「仏の教え」の抵抗感とは異なっているようです。また「仏の教え」においては修練、信仰しだいで深奥にある「仏」に、かぎりなく近づくことができ、そこに達する可能性さえ、人間には秘められているのに「聖なる書」では、すべてのものの創造主である「神」とは絶対、同一になれません。はっきりとしたちがいがあります。それに、これは「信教の書」なのでしょうが、後世への「庇護・介護」的な要素が多分に含まれているように感じます。複雑な事柄を、ことばだけで、なるべくわかりやすく伝へおこうとした「導きの書」でもあるのでしょうか。

# 二章　「聖なる書」

『初めに神は天と地を創造された〈創世1・1〉』
『─地は形がなく、広漠としていて、闇が水の深みの表にあった』
『─「光が生じるように」すると光があるようになった』
『そして神は光と闇との区分を設けられた』
『─神は光を昼と呼ぶことにし、闇のほうを夜と呼ばれた〈創世1・5〉』
これらの事柄が神のことばによって、かたちになってゆく。
時が経ちます。
生きものが生み出され、やがて人間のことにおよびます。
人間の男と女がつくられる。
『─男は地面の塵から〈創世2・7〉─女はその男のあばら骨から〈創世2・22〉』
この天体は永遠であり人間の生命もまた、かぎりないものだったといいます。
これは全知全能の神が、よいと考えておこなったものです。このまま、予定どおりに、ことが完了していたら「聖なる書」も「神の子の贖罪」もなかったでしょう。しかし、それが必要となる事態に立ち至ってしまいます。

『──神が造られた野のすべての野獣のうち蛇が最も用心深かった。それで［蛇］が女にこう言いはじめた。「あなた方は園のすべての木からは食べてはならない、と神が言われたのは本当ですか」〈創世3・1〉』

『それに対して女は蛇に言った「園の木の実をわたしたちは食べてよいのです。でも園の真ん中にある木の実を［食べること］について、神は、「あなた方はそれから食べてはならない。いや、それに触れてもならない。あなた方が死ぬことのないためだ」と言われました」。それに対して蛇は女に言った「あなた方は決して死ぬようなことはありません。その［木］から食べる日には、あなた方の目が必ず開け、あなた方が必ず神のようになって善悪を知るようになることを、神は知っているのです」〈創世3・5〉』

『──それで彼女はその実を取って食べ始めた。その後、共にいた夫にも与え、彼もそれを食べはじめた〈創生3・6〉』

『すると、その二人の目は開け、ふたりは自分たちが裸であることに気づくようになった

〈創世3・7〉』

人間にとって絶対の事柄です。どんなにことばをつみ重ねても、補うことのできないものです。

人間の命運も、この「書」の書かれた起因も、すべてそれに尽きます。この部分をのぞいたならば、この「書」は成立しないでしょう。今日の人間もまた…。

この木は生命の木であり、善悪の知識の木でもありました。それに触れてはならないと、人間は神から命令されていたのです〈創世3・11〉。人間はそれに背いたのです。

『地面はあなたのゆえにのろわれた〈創世3・18〉―ついには地面に帰る―あなたは塵だから塵に帰る〈創世3・19〉』

神の怒りのことばです。この瞬間、人間は永遠の生命を失いました。

その果実を食べてはならない、触れてもならない。きびしくそういわれていたにもかかわらず、蛇に唆されて、ひとは食べてしまったのです。この蛇は悪魔の化身といいます。

悪魔の唆しにのせられた人間の弱さ、無思慮を嘆き悲しめというのか、悪魔の悪知恵を恨めというのでしょうか。それにしても悪魔とは、いったい何者でしょう。創造主の神と被造物者の人間のほかに、べつの人格として悪魔が存在していると考えるのか、それとも人間に内在していると解するのでしょうか。

そして善悪の知識。これは善に目ざめなければ悪の想念もまた、思い浮かばないでしょう。ただ透明に徹して時を過ごす、自らが純粋であり善良であるという自覚もないままに……。永遠の生であれば、時の過ぎゆくということもなく、まさに神に準ずるものとしての生があったことでしょう。「聖なる書」における、この人間の出発は何を物語っているのでしょう。

「聖なる書」とは何のかかわりもありませんが、ふと、ある話を思い起こしました。

それは大略こんな内容のものです。

エンピツを挟む式のコンパスを用いて、なるべく正確に地球を描くようにいわれたとします。直径六センチほど小指くらいの長さとします。

一般的にいって、小学中級くらいなら正確な円を、上級年になると高い山などを考慮に入れて細かい曲線を用いるか、楕円に描いたりするといいます。常識的に考えて後者は、やや高度な知識をもった描き方かと思いました。

では、どちらがより正しいのかというと、前者なのだそうです。

地球の凸凹は高い山で八千メートルあまりですから八キロ、海の深さを描くとしても一万メートルほど。それをあらわすエンピツの芯の太さは、二十キロを超えてしまうというのです。全体像としても、赤道半径と極半径の差は二十キロ前後。楕円にもなりきれません。小さな円を描いて、その差異を表現することはできないといいます。

この話は、ある高名な学者が半世紀以上もまえに、くわしく数字を用いて随筆に書いているのだそうです。

神についての認識にしても文字にあらわされた神を読んで、それだけで無限大の神を正確に捉えるのはむつかしいでしょう。ときには神が身近に感じられ、人間的な言動とさえとれる場面もあります。しかし、それは神そのものではなく「御使い」つまり「精霊」であったりするのでしょう。いずれにしても人間の解釈上の神であり、そういった点も多少、考慮に入れながら読みすすめるべきなのでしょう。

そのうえで、この「書」における人間の出発の意味するところを考えると、人間は自分たちの判断力だけでは、よく生きつづけることはできない。あくまで被造物者なのであって、どんなに知恵をはたらかせたつもりでも、人間としての枠はかぎられていて、混迷や闘争は避けることができない。それを自覚して謙虚に神の声にしたがえば、閉ざされかけた門も開かれるということなのでしょう。

## ●天地創造

人間の生誕などの場面からは少し離れていますが「ノアの大洪水」の収まったのち「ノア」が酔って眠っているところ。

『—そして彼はぶどう酒を飲みはじめてそれに酔い、そのために自分の天幕の中で身をあらわにした〈創世9・21〉。—「カナン」は自分の父の裸を見、外にいる自分の二人の兄弟にそのことを告げにいった。兄弟はマントを取り、それを自分たち二人の肩に掛けて後ろ向きに入って行った。こうしてふたりは父の裸を覆ったが父の裸を見なかった〈創世9・23〉』

『—ノアはぶどう酒「の酔い」から覚め、一番下の子が自分に対して行ったことについて知った〈創世9・24〉』

『そこで彼は言った「カナンはのろわれよ。自分の兄弟たちに対する最も卑しい奴隷となれ」〈創世9・25〉』

このノアの怒りは厳しい。これに関連していると思われる、いくつかのものをあげてみます。

『―あなた方の住んでいたエジプトの風習に従ってはならない。―カナンの地の風習に従ってはならない〈レビ18・3〉』

『自分の父や母を侮べつをもって扱うものはのろわれよ〈申命27・16〉』

『―あなたの父の裸、また母の裸をさらしてはならない〈レビ18・7〉』

『―裸でいる者を見るなら、あなたはその者を覆わねばならない〈イザヤ58・7〉』

こんな背景があります。

これらのことは正しい見解かもしれません。「自分のテント」というのは「個室・寝室」を意味していて、他のひとが無断では入室できないものなのかもしれません。そして、こんなにも裸に関して記されているということは、外出着の下は裸身であり、テント内では素肌ですごしていたのかもしれません。しかし、それにしても直接見たか、どうかでこれほど怒らねばならないものなのでしょうか。それの代償として「奴隷になれ」は、いささか重すぎるのでは…。これは粗野な人間たちを「しつけ・学習」させようとしたものなのか。しかし教科書的意味があるとすれば、酔いどれの父自身の行為はこれでいいのか。

「父権制」のつよい時代だったから当然なのでしょうか。もうひとつは父に対して「おこなった」という具体的行為が、たんに「裸を見た」ことだけだったのかどうかです。

「場面」はかわって、ある都市の大火災に関連して、

『―同じく男性までが女性の自然の用を去り、互いに対し、男性が男性に対して欲情を燃やし、卑わいな事柄を行って十分な返報を身に受けました。それは彼らの誤りに対して当然なものです〈ローマ1・27〉』

というのがあります。

『そのとき神は、硫黄と火の雨を神のもと、すなわち天から降らせられた〈創世19・24〉』

神の怒りのあらわれです。逃れるすべのない荒々しい罰なのです。

「旧い契約」にあらわれる神は他の場面でも、かなり手荒く振舞いますが、この都市への怒りは、そのうちでも代表的なものに思われます。しかし、このあと出てくる「大洪水と箱船〈創世6・7〉」のときとおなじように、そのうちの幾人かは神の恵みをえて逃れることができました。

なぜ、これほどまでに神が怒ったかというと、この都市が「男の同性愛」に溺れ、侵さ

れていたからでした。

『ソドムとゴモラについての苦情の叫び、それはまさに大きく、彼らの罪、それはまことに重い〈創世18・20〉』

『―ソドムとゴモラおよびその周りの都市も、―甚だしい淫行を犯し、不自然な用のために飽くことなく肉を追い求めたのち、永遠の火による司法上の処罰を受け、［警告の］例として［わたしたちの］前に置かれています〈ユダ・7〉』

それによる病気の発生が予測されるという。おそらく神の力をもってしても「同性愛」によって生じる病の治療法は発見できなかったのでしょう。禁じているにもかかわらず懲りずに逆らうひとたちへの、神ですら手にあまっての措置だったのでしょう〈ある宗派の長老談〉。

大災害へとつながった原因は体液に関するものでしょうが、口から食するものについても他のところで、神はその範囲を示しています〈創世9・4〉。とくに動物の血を食してはいけないと戒めています〈レビ7・26〉。血は魂そのもの、神にかえすべきものといいます。人間に対する神の「しつけ・戒め」なのでしょう。

『神がはじめ』に、ひとをつくる場面と、そのあとです。

『わたしたちの像に、わたしたちと似た様に人を造り〈創世1・26〉』

創造主はひとりであるのに、なぜ「わたしたち」というのでしょう。これは天空に住むという精霊たちを意味しているのでしょうか。ひとをつくったのは、もともと大勢の精霊と呼ばれているひとたちだったのでしょうか。

そして『似た様に――』も、すがたかたちを、というのではなく心的に近づける、あるいは神の像の「映し絵」のようなもの、ということなのでしょうか。

それとはべつに、もしかしたら神のことばを記したひとの人間性、正確に捉えようとすればするほど理解するより先に、こころが震えてしまい、このようになってしまったのでしょうか。


『塵だから塵に帰る』の「塵」も、たんに「ごみ」のような、いらないものではなく、有機物、元素というふうな意味のことを神は、そこまで人間に理解させきれなかったのかもしれません。ひとまず、ここでは「塵」でよいとして、そうなると避けられないのは果実との関連です。なぜなら人間は「塵」から生じたのですから、人間がもし果実を口にしないばあいには、土に帰らなくてもよいと神はどこかで、いいかえなければならなくなるはず。

全宇宙をつくったほどの神ですから生きものをつくることくらい予定どおりに、おこなえたのでしょうが、生きもののうち人間をつくるにあたっては、やはり、たいそうな力を注がれた。他の動物とはちがった意味合いがあったのでしょう。完璧であっては神もおなじ、そこで微妙に最後の仕上げを思いとどまり、人間自らの選択にゆだねてみた。それは思いのたけをこめてつくった、被造物者への敬愛にも似た配慮だったのかもしれません。

『禁断の果実』ですが、人間がこれを口にするのを神が予期していた、との疑問は消せません。

生誕したばかりの無垢な男女が神の留守に、のどかで安全なはずの園に遊んでいるとき、他者の接近を受ける。疑うことを教えられていない、純粋なこころに忍びよる甘言。免疫性がまったくありません。

重大な役割を背負った、蛇の登場です。ふつうの蛇ではありません。悪魔が内にのりうつっています。蛇を用いて悪魔の出現を描いているのは、人間の内部に派生する邪悪なるもの以外に、悪魔がひとつの意志、ひとつの人格をもった別個の存在であることを証しているのでしょう。

一個の独立した存在であれば、少しばかり問題になります。何もないところに、この宇宙をつくり、あらゆるものを生んだほどの全能の神が、自分の意思に反する邪悪なるものをなぜ生じさせたかです。これは神に、その要素が最初から内在していたと考えていいでしょう。つまり人間が、その悪魔の誘惑に陥るのが、全能の神には十分予測できたと考えます。したがって「塵」に帰らなくてもよい、という必要は最初からなかったことになります。悪魔に唆され、人間全部の咎を一身に背負わされた、人類最初の女が痛々しく愛おしいのです。

『新―』の神の子の受刑の前後では、女たちは控えめながらも、神の子を囲むようにして辛抱づよく見守っています。

『―そこでは大勢の女たちがやや離れた所で見ていたが、それはイエスに仕えるためガラリヤから付いて来た者たちであった。その中にはマグダラのマリア、またヤコブとヨセフの母マリア、およびゼベダイの子らの母がいた〈マタイ27・55〉』

へばりつくようにして、神の子の墓を守ろうとするのは女たちです〈マタイ28・1〉。大地に「執着・根づいた」生きかたが、ごく自然にできるのは女性のほうで、男たちのように理屈をつけて構えたりしないようです。

『禁断の木の実』を食べた男女のこども、ふたりの息子の足跡をたどると、命運は最初の女性だけに、かぎられてはいません。男女とも神に、あるいはそのとき、それと密接なかかわりをもった「何ものか」によって左右されています。

兄は地面を耕す者になり、弟は羊を飼う者となりました。

『兄は地の実りの中から、幾らかを神への捧げ物として携えてきた〈創世4・3〉』

ところが神は、弟の捧げもの（脂ののった羊の初子）には好意的でしたが、兄のほうには少しも好意を示しませんでした。兄は神のその対応に、激しい怒りをぶつけます。それに対して神の説諭がありますが、兄の気持ちは収まりません。野にいったとき弟を殺害してしまう。この書における最初の殺人事件です。凶悪な事件です。それがいとも易々と語られているのです。何らかの背景があってのことなのでしょうが、なぜ兄弟げんかていどに、とどめておかなかったか。この神が肉は好んでも、地から採られたものには関心が薄いので、こういう結果を生んだのか。あるいは地からの捧げものが、充分に実らない不良品であったのか。その、いずれでもないとすれば、神の、人間に対する好き嫌い。それにしても、この「書」の神は人間からの捧げものに異常なまでの、こだわりを随所に示しています。この辺りの土地がそれほど肥沃ではない、むしろ貧しい収穫しか望めそうにないところからも、たび重なる捧げものは、人々に大層な負担を強いることにならないか〈レビ16・6、16・15ほか〉。神が直接捧げものを要求することがふしぎに思えるのです。

また人々の通常の食肉類についても『ひづめが分かれていてそのひづめが裂け目をなし、しかも反すうするすべての生き物』は食べてよい。わるいものは『反すうするがひづめが分かれていない、らくだ』〈レビ・11ほか〉などの説明をしています。

『神に捧げるためにそれを会見の天幕の入り口に携えて来ない者がいれば、その者は民の中から断たれねばならない〈レビ17・9〉』

『イスラエルの子らに話して、わたしのための寄進物を取らせなさい。すなわち心に鼓舞されるすべての者から、あなた方はわたしへの寄進物を受け取るように—あなた方が受け取るべき寄進物は次のとおりである。金、銀、銅。—青糸、赤糸など〈出エジプト25・2

〜4〉』

「神」がそうしているのか、それとも、その「子ら・精霊たち」が「神」の名をもって「人間の寄進物」に関心を抱いたものか。

『大洪水・ノアの箱船』のまえとあと…。

『人間が地の表面に増えはじめ、彼らに娘たちが生まれると、そのときまことの神の子らは人の娘たちを見、その器量の良いことに気づくようになった〈創世6・1〉』

そして自分たちの妻とするのでした。

この神の子ら、というのは天に住む精霊たちのこと、天にあるときは、すがたかたちを伴わないが、地に降りたときには人間のすがたになることもできたのです。その精霊たちに対して神は、『わたしの霊が人に対していつまでも定めなくはたらくことはない。彼らはやはり肉であるからだ。したがってその日数は百二十年となる〈創世6・3〉』と突き放しています。

そういった傾向は、そのあともつづいて、そこから生まれた子らは、むかしの力ある者、名のある人々であったといいます。これらを含め、ひとの悪が地にあふれつづけるので神はこころに痛みをおぼえ、ひとをつくったことを悔やみます。そしてついに地につくったすべてのものを拭い去る決心をするのでした。

『わたしは、自分が創造した人を地の表からぬぐい去ろう。人から、家畜、動く生き物、天の飛ぶ生き物にいたるまで、わたしはこれらを造ったことでまさに悔やむからである、〈創世6・7〉』

『しかし、「ノア」は神の目に恵みを得た〈創世6・8〉』

『「ノア」は「義にかなった」人であり、同時代の人々の中にあってとがのない者となった。「ノア」は［まことの神］と共に歩んだ〈創世6・9〉』

『─神は「ノア」にこういわれた。「すべての肉なるものの終わりがわたしの前に到来した。彼らのゆえに地は暴虐で満ちているからである。わたしは彼らを地と共に滅びに至らせる」〈創世6・13〉』

『あなた自身のために、「やに質」の木の材で箱船を造りなさい。その箱船の中には仕切り室を造る。その内側も外側もタールで覆わねばならない〈創世6・14〉』

四十日、四十夜豪雨が地に降りそそぎ、雨量は山の高みにまで達してしまいます。

大水の中、一隻の「箱船」が漂う。「船」には神眼にかなった「ノア」とその家族、それに清らかな動物たちとが乗っています……――。

……――やがて洪水が治まる。「箱船」のことを神が思い起こされたからです。それからしばらくして、義なるひとは土を踏んで立ち、神のための祭壇を築いて焼幡の捧げものの準備をします。「箱船」に乗れず地にあった人々や動物たちは、すべていのちを失ったといいます〈創世7・21〉

『神は安らぎの香りをかぎはじめ、そして、心にこういう。

「二度と再びわたしは人のゆえに地の上に災いを呼び求めることはしない」

「人の心の傾向はその年若い時から悪いからである」〈創世8・21〉』

『二度とふたたび、わたしは自分が行ったとおりにあらゆる生きものを撃つことはない。地の存続するかぎり、種まきと収穫、寒さと暑さ、夏と冬、昼と夜は決してやむことはないのである〈創世8・22〉』

これらのことは人間たちとの約束ごとであると同時に、ある種のあきらめ、突き放しでありましょう。

ひとのこころの傾向は若いときからわるいと神はいいます。人間のこころの傾向がよくないから「大洪水」で一掃したはず。そのあとにまた、それをいうのは、どういうわけなのでしょう。しかも、そこには精霊たちが介入してからのことも含まれています。かれらは神をとりまく精鋭たちなのです。

もっとも、これらのことばは、神が人間にいうとは記してありません。神は、そのこころにいわれた、となっています。したがって神のこころの内を、だれが読みとって、そんなふうに記したかが問題なのかもしれません。

このさいの神のことばは、それをのぞいては「ノア」とその家族たちを祝福しています。もはや地を滅ぼすことはないと「定めのない契約」をしています。少し、ほっとします。

これまでのところを、ざっとふりかえってみると、最初に人間がつくられたとき、男と女のふたりだけでした。やがてつまずき楽園から追放された。その後、息子たちの間に不祥事があり、そのあとも人間は増えつづけ、ますます邪悪な方向を示すようになり「大洪水」で一掃されました。一家族に絞られたわけです。ここで人間の行状も治まるかと思うと、そうはいかず「ノア」の息子の父への背徳、ある都市の男の同性愛からの「大火災」。その間にも、このあと触れる「高い塔・バベルの塔」の建設と神の怒り。こうしてみると神が安んじていられたのは、人間がはじめの果実を食べるまでの、ほんのひとときのことでしかない。神にとって人間とは何なのでしょう。

『その頂を天』にも届くばかりにしようと、人々は「高い塔」の建設に励みます。それをつくっている人々が名をあげて、神から地の全面に散らされることのないためです。

このときまで全地は、ひとつの言語であったという。人々は東へと向かって旅をしているうち、谷間《たにあい》の平原を見つけ、そこに住むようになり塔の建設にとりかかったわけです。

そのとき神はわざわざ、そうした人々の動きを見るために天から降りてきたのです。『見よ、彼らは一つの民で彼らのすべてにとって言語もただ一つだけである。そして、このようなことを彼らは行い始めるのだ。今や彼らが行おうとすることでそのなし得ないものはないではないか〈創世11・6〉』といって、お互いの言語を聞きわけられないように混乱させてしまう。このため人々は都市の建設をあきらめ、離ればなれになっていきます。

ここで神はなぜ、人々を散らさなければならなかったのか。神の意志によって、それはなされたといいますが、神の介入がなくても人口が増えてくれば、ひとは地の全面に散らなければならないでしょう。

記したひとが、ここに神の意志をわざわざもってきたのは、どういうわけか。もしも何の作意もなく事実そのものであったとすると、神は人間が一致協力して、ことにあたるのを嫌っていたことになります。そこに結束を危険視しなければならない何かが、あったのでしょうか。

それに天に届くほどの塔を建てる、といっても現実にそのようなものができるはずもないし、たとえできたとしても、それによって神の威信、神の存在をおびやかすことなど考えられません。

神は全知全能の立場から一歩も二歩も、人間に近づいたところで意思表示しているかのようです。何をそれほどおそれたのでしょう。

それにひとは、塔を建てはじめるまえにもいっています。

『大いに我々は名を揚げて、地の全面に散らされることのないようにしよう〈創世11・4〉』

このことばから神が人間の結束をおそれ、塔を建てようとする以前にも、地の全面にひとを散らそうとしていたことがわかります。

それに、この章のまえの章にこういうのがあります。

『彼は神に対抗する力ある狩人として現れた〈創世10・9〉』

この神に対抗できるほどの力ある狩人とは何か。

神は絶対者です。神のまえには人間など塵芥にも等しいはず。そんなもののために、神がおそれを抱く必要などあるのか。そんなものにどれほど力がついたとしても、それがどうして神に対抗しうるのでしょうか。

力あるものを狩人と呼んでいます。狩人とは何を狩りするものなのか。塔の場面と、この狩人とは無関係ではないと思われます。もしかしたら、この一連の話はまったく、ちがった解釈をするようにできているのかもしれません。いらないこだわりなのかもしれません。

捧げものや食物を欲しがり、言語を混乱させたりする神と、宇宙創造の神とが同一のものであるということが、しっくりしないのは読みが浅いせいなのでしょう。

『時は流れ』て神は、直接あるひとに語りかけています。かれには子がいません。けれども神はいつか、このひとに子を授けるという。

『――地を所有させ海辺の砂のごとく子孫を増やさせる〈創世13・15〉』

この語りかけられたひとが、神のひとり子『十四代、十四代、十四代』までの系図の初代です。かれは神に進言して「大火災」に見舞われたあの都市から「義なる一家族」を救うということもしています。

このひとが神から子を授けるといわれたのは妻ともども、かなり年老いてからのことでした〈創世21〉。そのため、ふたりとも、ほとんどその望みはないものと考えていた。それが神のことばどおり妻に子が生まれ、やがて少年に成長します。

このひとが百歳台のときのことです。

『～アブラハムは子イサクをつれて神の望む旅へ～神の指定する山の上へ～』

『このひとと少年を試みて神はいう、捧げものを捧げるようにと〈創世22・2〉』

準備が整ったとき子は尋ねます。

『父上…』

『わたしはここにいる、わが子よ』

『ここに火とまきがありますが、焼幡の捧げ物のための羊はどこにいるのですか』

その辺りに羊など見当たりません。

捧げものは、その子自身であったわけです。その手と足を縛って祭壇の薪の上にねかせ、屠殺用の短刀をひとはとり出します。

神の「御使い」は、そのひとに一人息子のいのちを捧げよ、と命じたのです。このひとも、すなおにそれに応じようとしました。とても、ふつうの親と子では抵抗があっておこなえません。そんな無理難題をいう神をなぜ信仰するのかといいたくなります。がここで、この書の神を信じるひとと「書」から教えをうけよう研究しようとする者とのちがいを思い知らされます。この「書」における神は絶対者なのです。この神にしたがえば、ふつういうところの死を選んでも、いつの日かに復活させられ永遠の生命がえられる。この神を信じれば、死は少しもおそれの対象とはならないわけです。

**●最終書「啓示」など**

『「一四万四〇〇〇人」が特別に天国に招かれ、一度死んだ「義なる人」はよみがえり、あとの「義なる人」ともども、地上で幸福な日々を——「蛇悪魔・不義のひと」は地獄へ〈啓示7・4〜〉』

『——あなた方はわたしの名のゆえにあらゆる国民の憎しみの的となるでしょう。——多くの偽預言者が起こって、多くの者を惑わすでしょう。——終わりまで耐え忍んだ人が救われる者です。—あらゆる国民に対する証のために、人の住む全地で宣べ伝えられるでしょう〈マタイ24・9〉ほか』

これらのことから「書」は「世界」に向けての発信というよりも、特定の民族への「メッセージ・救済」であるようにも感じられます。

「仏の教え」を生んだ地方でも、次の世の、長いながい生の約束の信仰があるといいます。現世は長くて百年そこそこですが、よいおこないを積めば、来世では気の遠くなるような何億年とか何十兆年もの平穏な生が待っているという、信じることのずばぬけて強靭な精神世界を誇示しています。しかしそれは、どれほど長くても、永遠の生命をえるところまではいきません。「仏の教え」関係では、それは非常にむつかしい。来世はあっても永遠の生命でないところで、くりかえし回っているという「流転・輪廻」。そこからぬけ出して「永遠の座」に達するのは、不可能事に近いといわれています。

『わが子のいのち』を捧げよ、と命じる神のまえに人間のいのちの尊厳さを主張したい思いにかられます。しかしここでは、ひとり子の捧げものは、とりやめになり殺されないですみます。

『――あなたのひとり子さえわたしに与えることを差し控えなかったので、あなたが神を恐れる者であることをよく知った』

『あなたの子孫によって地のすべての国の民は必ず自らを祝福するであろう』

『わたしは確かに、あなたの子孫を殖して天の星のように、海辺の砂のようにする〈創世22・17〉』

ということになります。祝福されて年月が流れます。


しかし、このあと、その民族は四百年もの長い期間、他の国につながれてしまいます。そして、あるとき神の啓示を受けて、ひとりの男（モーセ）が立ちあがり、隷属状態の人たちを導き、脱出させます〈出エジプト〉。民族の大移動です。なおも、そこから四十年の歳月をかけて荒野をさすらい、神に選ばれたこの民族は、リーダーは亡くなりますが、定められた領土へと辿り着くのでした。その間、ある山の頂で神から『あなたは殺人をしてはならない〈出エジプト20・13〉』など、十の戒めを授けられます。この民族の隷属状態は、後年にもまた起こることになります。

「旧い契約」での、この神の言動は荒々しく、ときには怒りをあらわにしています。そして特に一民族に集中的に語りかけ、そこに救いの手もさしのべますが、反面きびしい戒律〈出エジプト34・1〉も突きつけました。

書にはまた、この民族への他民族からの迫害。その間の「御使い」などの言動、さまざまな、ふしぎな現象などが記してあります。そのあと「新しい契約」を加えて、これからの人間にも語りかける愛のある神でもあります。

『「契約」この語の意味は、決して遺言や［遺言としての］誓約ではなく、常に契約または合意である〈新世界訳〉』

『「旧い契約」のみを信じ「新しい契約」を認めない「民族・宗派」もあります。また、「新しい―」「旧い―」と便宜上いっていますがそれを正しくないとしてべつの名称を用いている「派・組織」もあります。ヘブライ語で書かれたものを「旧約」と呼ぶのが一般的な慣わし―クリスチャン・ギリシャ語聖書は一般に「新約聖書」と呼ばれています〈新世界訳p．1777〉』

『神のひとり子』までのつらなりが「新しい契約」の「マタイ書1・1、2」に示されています。先ほどの、わが子を生け贄に供えようとした、そのひとの名がまず、はじめにあります。

『アブラハムの子、ダビデの子、イエス・キリストについての書―アブラハムはイサクの父となり、イサクは、ヤコブの父となり…』

『…それで、アブラハムからダビデまでの世代は全部で十四代、ダビデからバビロンへの強制移住までは十四代、バビロンへの強制移住からキリストまでは十四代であった…』

『しかしマリアは御使いに言った。「どうしてそのようなことがあるのでしょうか。わたしは男と交わりを持っておりませんのに」。御使いは答えて言った、「精霊があなたに臨み、至高者の力があなたを覆うのです。そのゆえにも、生まれるものは聖なる者と呼ばれます」〈ルカ・1・34、35〉』

『ところでイエス・キリストの誕生はこうであった。その母マリアがヨセフと婚約中であった時、ふたりが結ばれる前に、彼女が精霊によって妊娠していることが分かった。しかし、その夫ヨセフは義にかなった人であり、また彼女をさらし者にすることをのぞまなかったので、ひそかに離婚しようと思った。しかし、彼がこれらのことをよく考えたのち、見よ、神のみ使いが夢の中で彼に現れて、こういった。「ダビデの子ヨセフよ、あなたの妻マリアを迎え入れることを恐れてはならない。彼女のうちに宿されているものは精霊によるのである」〈マタイ1・18〜20〉』

「ルカ〈3・23〉」にも系は載っています。『ルカ3・23〜［人の］意見では、コセフの子であった。［ヨセフは］ヘリの［子］〜』そして〜『〜［ヤコブは］イサクの［子］イサクはアブラハムの子、アブラハムはテラの［子］〜』『〜アダムの［子］［アダムは］神の［子］であった』

精霊が臨んだという確証と…夫の系譜の意味・関係は…。

人間をつくったほどの神であり、それを肯定したうえで「聖なる書」の頁をめくっているわけですから、『処女懐胎』など問題ではないはず。

『やがて神の子の生誕』となります。

いまは大国に隷属していますが、のちに神の子は自分の生まれた地の民の、王になるというのが多くのひとの見方であったといいます。東方からの占星術者が生誕を知り、その方に敬意を捧げるためにと訪れます。

『ユダヤ人の王としてお生まれになった方はどこにおられますか。わたしたちは東方に［いた時］その方の星を見たのです〈マタイ2・2〉』

それを知って大国の王は動揺します。民衆もまた動揺したとあります〈マタイ2・3〉。大国の王は占星術者をひそかに呼びよせて〈マタイ2・7〉、神の子の生まれた場所はどこかと尋ね、見つけることができたら、それを報告するようにといいます。王は私も敬意を表したいからというのでした〈マタイ2・8〉。

その後、占星術者らは神の子を見つけ出し贈りものをして、どこかへ消え去ります。王との約束を守らなかったのは、王のところへは戻らないようにとの「神」のお告げが夢の中であったからでした〈マタイ2・12〉。王が幼子をさがして滅ぼそうとしているから、幼子とその父母とは他の国へ逃れるようにというわけです。

のちに、占星術者が自分のもとに立ちよらないで、すがたを消したのを知って王は、はげしく怒ります。そして、幼子の生まれたと思われる地域の二歳以下の男の子を、すべてのぞき去らせたといいます〈マタイ2・16〉。おそるべき大殺戮がおこなわれたわけですが神の子はすでに、その辺りにはいなかったのです。

神の子は逃れ成長していきます。これがまず、はじめの「マタイ」に載っています。

この伝えに対して「ルカ２」では、

『―ダビデの都市で、あなた方に救いの主、主なるキリストが生まれたからです〈11〉』

『―さて、八日が満ちて彼に割礼を施す時になると、その名もイエスと名づけられた。胎内に宿される前、御使いによって付けられた名である〈21〉』

『―その両親が、律法のしきたりどおりに行うため、幼子イエスを連れて入ってくると〈27〉、―「主権者なる主よ、今こそあなたは、ご自分の宣言どおり、この奴隷を安らかにゆかせてくださいます」〈29〉』

『―こうして―律法にしたがってガリラヤへ、自分たちの都市ナザレに戻って行った〈39〉』

とくに危急の手の加えられたことは記してありません。

『―そして、幼子は成長して強くなってゆき、知恵に満たされ、神の恵みが引き続きその上にあった〈40〉』

神の子は「神」によって平安に成長したと思えます。

しかしおなじ『ルカ』でも〈1〉には、

『―「イスラエルの神がほめたたえられますように。ご自分の民に注意を向け、その救出を成し遂げられた」〈68〉』

『わたしたちの敵から、またわたしたちを憎むすべての者の手からの救いについて昔から語ってこられたとおりです〈71〉』

『そして幼子は成長し、霊において強くなっていった。そして、イスラエルに自分をはっきり示す日までずっと砂漠にいた〈80〉』

とあります。


『聖なる書』は、いくつかの「手紙・手記・書」などによってできていて、それらが決定されるさい大編集会議のようなものが開かれ、きびしい選択がなされたといいます。一般人の憶測を超えた、熱意に満ちた神聖な論議があったことでしょう。そして正統とか規格とかの面からみると、好ましくないものは加えられず散逸してしまった。いま、きちんと「書」に納められてあるものは、その闘いをくぐりぬけてきているはずです。どの記述にも、それぞれに意味があると思われます。

『生い立ちの伝え』が、どのようであったとしても、神の子のわざの偉大さを損なうことには結びつかないでしょう。

神の子は三十歳頃から、そのわざを開始したといいます〈ルカ3・23〉。マヒしたひとをはじめ〈マタイ9・6ほか〉、いろんな病のひとを癒します〈マルコ1・40ほか〉。ときには、この世にありえないようなことを現実化させます〈ルカ5・25ほか〉。そしてさまざまな、たとえ話などで、人々に語りかける。それは、そのまま神に準ずるものに思えます。「新しい契約」の重要点は神の子の言動にこそ、あるのでしょう。たとえ「聖なる書」批判が将来どんなに過酷をきわめるときがきたとしても、神の子の存在意味を無に帰すことはできないでしょう。

『「わたしが栄光を付すのであれば、わたしの栄光はむなしいものです。わたしに栄光を与えてくださるのはわたしの父、あなた方が自分たちの神であると言うその方です」』

『「――きわめて真実にあなた方に言いますが、アブラハムが存在する前からわたしはいるのです」〈ヨハネによる書8・58〉〈新世界訳〉」』

『「あなたの神をあなたは崇拝しなければならず、この方だけに神聖な奉仕を捧げなければばならない」とイエスは答えていった」〈ルカ4・8〉』

したがって「神の子・その母」を祈りの対象としているのは拡大解釈であり邪道とする「組織・派」もあります。なお、偶像を崇拝してはならないと「書」には記されていますが、現代に至るまで、その禁を破るものは、あとをたちません。教会という形式も、それに当て嵌まるといいます。

『「あなたは自分のために、上は天にあるもの、下は地にあるもの、また地の下の水の中にあるものに似せたいかなる彫刻像や形も作ってはならない」〈出エジプト20・4ほか〉』

『「あなたは自分のために無価値な神々を作ってはならない。自分のために彫刻像や聖柱を立ててはならない」〈レビ26・1〉ほか』

『―そして、霊によって荒野をあちらこちらと導かれて〈2〉四十日におよび、その間悪魔の誘惑を受けられた。その上、それらの日のあいだ何も食べなかったので、それが終わった時、飢えを感じられた。〈3〉すると、悪魔は彼に言った、「あなたが神の子であるなら、この石に、パンになるように命じなさい」。〈4〉しかしイエスは彼にお答えになった。「人は、パンだけで生きるのではない」と書いてあります。〈ルカ4章〉』

『「自分の霊的な必要を自覚している人たちは幸いです。天の王国はその人たちのものだからです〈マタイ5・3〉。―義のために迫害されてきた人たちは幸いです。天の王国はその人たちのものだからです」〈マタイ5・10〉』

『―さて彼に触っていただこうとして、人々が幼児たちをそのもとに連れて来るのであった。ところが、弟子たちは彼らをたしなめた。これを見て、イエスは憤然として彼らに言われた、「幼子たちをわたしのところに来させなさい。止めようとしてはなりません。神の王国はこのような者たちのものだからです。あなた方に真実に言いますが、だれでも幼子のように、神の王国を受け入れる者でなければ、決してそれに入れないのです」〈マルコ10・13～15〉』

『「―師よ、この女は姦淫を犯しているところを捕らえられました。モーセは律法の中で、このような女を石打にすることをわたしたちに規定しました。あなたはいったい何と言われますか」

もとより彼らはイエスを試して、訴える手がかりを得ようとしてこれを言っていたのである。しかしイエスは身をかがめ、指で地面に何か書きはじめられた。彼らが執拗に尋ねると、イエスは身をまっすぐに起こして彼らに言われた。「あなた方の中で罪のない人が、彼女に対して最初に石を投げなさい」――これを聞いた者たちは一人ずつ去って行った――〈ヨハネ8・5〜9〉』

『神の子の逮捕』のとき、それまで神の子に沿って歩いていたひとたちは、かかわりになるのをおそれて寄りつきません。十二人の弟子でさえ、すがたをくらまします。故郷へ逃げ帰る者も出ます。もっとも十二人全員ではなく、そのうちのふたり、神の子を裏切ったひとりは銀三十枚を役人に（神殿に投げ）かえして自殺〈マタイ27・5〉、もうひとりは、かかわりになるのを、おそれながらも神の子の身を案じて、その近辺をうろついています。このできごとの最終的決断は、狂乱する群集が下したかたちとなります〈マタイ27・1ほか〉。それは世論という名の暴挙だったのかもしれません。

『神の子』の逮捕から受刑までには多少の時間があり、その地区の総督は、『彼がどんな悪事をしたというのか。わたしは、死に価するようなことを何も彼に見いださなかった。それゆえ、わたしは彼を打ち懲らしてから釈放することにする〈ルカ23・22〉』と集まったひとたちに対して、放免の方向への誘導をこころみています。しかし熱狂する群集は聞き入れません。

「群集」と兵隊に向かって、神の子はいいます。

『──そのときイエスは彼に言われた、「あなたの剣を元の所に納めなさい。すべて剣を取る者は剣によって滅びるのです。それともあなたは、わたしが父に訴えて、この瞬間に十二軍団以上の御使いを備えていただくことができないとでも考えるのですか。そのようにしたら、必ずこうなると［述べる］聖書はどうして成就するでしょうか」〈マタイ26・52～54〉』

『あなた方に言っておきますが、今後あなた方は、人の子が力の右に座り、また天の雲に乗って来るのを見るでしょう〈マタイ26・64〉』

これは「最終戦争・〈ヨハネへの啓示〉」のことをさしています。

『神の子』は杭につけられます。

『この時、二人の強盗が彼と一緒に杭につけられ、一人はその右に一人はその左に［置かれた」。それで、通行人たちは彼のことをあしざまに言いはじめ、頭を振ってこう言った。「神殿を壊して三日でそれを建てると称する者よ、自分を救ってみろ―神の子なら、苦しみの杭から下りて来い」〈マタイ27・40ほか〉』

やがて、神の子は最期に臨み、

『父よ、わたしの霊を御手に託します〈ルカ・23・46〉』

と大声で呼ばわります。

しかしまた、

『わたしの神、わたしの神、なぜわたしをお見捨てになりましたか〈マタイ27・46〉〈マルコ15・34〉』

『わたしの神、わたしの神、なぜあなたはわたしをお捨てになったのですか［なぜ］わたしを救うことから、わたしが大声で叫ぶ言葉［から］遠く離れておられるのですか』〈詩編22・1〉』

とも、記されています。がこの「捨てる・見捨てる」ということばは理解しにくい。

それまでの神の子は自信に満ちた言動に終始してきました。人間のあやまちを贖《あがな》うために、この地上にきたのです。受刑は予期されたものです。しかも、それを避けることも可能であったと思われます。志願して杭についたのもおなじです。

『―苦しみを受け、かつ殺され、三日目によみがえらされねばならないことを弟子たちに示し始められた〈マタイ16・21〉』

それなのになぜこういった、ことばがでてしまったのか。

杭につけられ苦痛が連続し、意識が朦朧としてきた。しかも弟子たちは、別々の地点からそれを見ていた。そのため一見、矛盾したような記述が生じたのでしょうか。

なお「神の子」の処刑の「杭」は「十字の杭」であるとは記されていないといいます。このとき受刑者は「神の子」のほかにふたりいて、かれらはだれの目にも罪人でした。むろん「神の子」も同等のあつかいをされたはず。そのような罪人にわざわざ手のかかる「十字の杭」など用意するわけはない。一本棒の杭であった。したがって祈りのとき十字を切るのは、何の根拠もないという見方をしている「派・組織」もあります。

〈参考・『「苦しみの杭（ギ語・スタウロス、ラ語・クルクス）」。―異教徒はキリスト以前の幾世紀もの間、十字架を宗教的象徴として用いていましたが、ここでギリシャ語スタウロスがそうした十字架を意味することを示す証拠は何もありません。―スタウスは主にまっすぐな杭を指す。それに犯罪人は処刑のためにくぎづけにされた。この名詞も、杭に留めるという意味の動詞スタウロオーも、元々は、教会の用いている二本の梁材を十字に組み合わされた形とは区別されていた〈新世界訳p1769〉』〉

## ●『神の子の受刑』

しかしこのあと、ふしぎなことが起こります。

ひとつは神の子自身が、生前語っていたという三日後の復活。粘りづよく神の子を擁護してきた女たち〈マタイ27・55〉によって翌朝、空の墓が見いだされます〈マタイ27・63〉。

『閣下、わたしどもは、あのかたり者がまだ生きていた時分に「三日後にわたしはよみがえらされる」と言ったのを思い出しました』―『それで三日目まで墓の守りを固めるように命令してください。弟子たちがやってきて彼を盗み出し、「彼は死人の中からよみがえらされたのだ」などと民に言いふらすようなことのないためです」―警備隊を置いて墓の守りを固めた〈マタイ27・64〉』

『―マリア・マグダレネともう一方のマリアが墓を見に来た。すると、見よ、大きな地震が起きた後であった。御使いが天から下り、近づいて石を転がしのけ、その上に座っていたのである。――「彼はここにはいません。彼が言ったとおり、よみがえらされたのです」〈マタイ28・1～6〉』

『もうひとつのふしぎ』は、神の子を信じられず、かかわりになるのをおそれて、わが身を庇った弟子たちが、信徒としてふたたび立ちあがったことです。それも以前のような姿勢ではなく、権力などによる死の迫害にさえも、果敢に立ちむかうのです。神のほか、何ものをもおそれない満ちみちた歩みをはじめるのです。

このことを史実の世界では、どんなふうに捉えているのでしょうか。

『このことを理性的、科学的に説明することは困難であろうが、イエスの逮捕の際、ひとり残らず逃げ去ってしまった弟子たちが百八十度の心境の変化を来たして伝道に専心し、迫害と殉教に敢然と直面したことを考えると、のちの教会での作りごとだけとは言いきれず、何かふしぎなことがあったと推定してもよいであろう』〈マタイ28〉〈古代のある写本など［新世界訳］〉

『神の子の復活』のさい、そのすがたを見、会話を交わし、からだの傷あとにも触れたひとがあったと記されています。

神の子から声をかけられて、はじめて人びとは、それに気づきます。そのすがたは「生前・処刑まえ」とは少しちがっていたのかもしれません。わたくしには、それらの事柄がふしぎなものに映ります。そして信じ難い思いもありますが、なぜか、そこにぬくもりをおぼえます。そういったことが絶対に起こらないとは、いいきることができないと思うのです。そのばあい非科学的とか合理性を欠くとかいってみても、それは所詮、人間の思考の範囲内でのことです。人間の思考が、かぎりない広がりをもつものとすればべつですが、思考に無限の可能性があるなどと考えることが、すでに人間の思考の限界を示しているように思えるのです。

この「書」のもつ力はむろん、ひとことでは、いいあらわせるものではありませんが、なぜかあらためて、ふしぎなかぎりなさを感じないではいられません。

神の子の言動の真髄が、どこまで正しく理解されたかはべつとして、生命を賭した伝道により、それはやがて地中海北岸の文化圏へも広められ定着していったといいます。

あとからの記述に多少の誤りが出たとしても、それほどの重きは、おかなかったのでしょう。神の子の言動は、そのまま神に準ずるわざなのであって人間の系図などに連結しなくても、よかったのかもしれません。

　それは神の子を、まさしく神の子としているひとと、わずかでも信仰に隙間のある接し方をしているひととの差異であることもあるでしょう。後者のばあいの、なおも極端な立場からは神の子は、たんなる預言者的人間でしかないことにもなるでしょう。

『これから、起きる』であろうことが「新しい契約」の終わりの「書」にあります。神が「御使い」を遣わして、ある僕へと伝えたものです。この僕「信篤き義なるひと」は地上における人間たちの生きざまをその終末を、これからこうなるであろうではなく、すでに起きた事柄として見せられます。かれも含むその選ばれた民族が大国から迫害をうけていたという事情もあって、この「書」は象徴的な表現も用いながら語りかけてきます。

　神の意に反しつづけた愚かな人間たちの最期「義なる人々」をのぞいて、天空からも「御使い」たちによる容赦のない攻撃がなされます。地上は焼け、多くの人々は地獄の責め苦に息絶えていきます。天を攻めていた悪魔たちが突き落とされて地上に降ってきます。やがて、はじめからの「悪魔・蛇」は、神によって捕らえられ底知れぬ深みへと投げこまれ封印されてしまいます〈啓示（黙示録）20・1〜3〉。

これらの事柄は、仮に夜間、野外大スクリーンに映し出されたものを、代表者が観せられたというふうにも考えられます。それは「人類・人間」への偉大なる「メッセージ・警告」であったのでは…。

過去の「義なるひと」は生きかえり、いま地上にある「義なるひと」は死なず、永遠の楽園へと導かれます。そこに完璧に近い平安な千年が流れます。人間にとっても神にとっても、はじめてのおだやかな歳月です。そして千年間のそれが過ぎると、ふたたび獄から悪魔が解放され戦争を準備します。しかしこんどは、ただちに神によって火と硫黄の湖に投げこまれ、昼も夜もなく永久の責め苦に遭うことになります〈啓示14ほか〉。そうなる直前の歳月は、神の最後通告、反省を促す猶予期間なのでしょう。

人類がこれからも歴史を描きつづけるつもりならば、それらのことを「信教」以前の「問題」として、どのあたりかで「真摯」に受けとめる必要があるのではないのでしょうか。

『――夜はもうない。それで彼らはともしびの光を必要とせず、太陽の光も「持た」ない、神が彼らに光を与えるからである〈啓示22・5〉』

この「光」は「霊」的なものをさしているのでしょうが、神は「人工的な光・大きなバッテリー」のような「箱」を人間につくらせています。

『―それで彼らはアカシアの木で箱を造らねばならない。その長さは二キュビト半、その幅は一キュビト半、その高さは一キュビト半。そしてあなたはそれに純金をかぶせるように。内側にも外側にもかぶせる―〈出エジプト25・10、11〉』

『―またそのために金の輪四つを鋳造し、その四つの足の上方に―』

『また、アカシアの木でさおを造り、それに金をかぶせるように―』

『―箱の中には、わたしが与える証を入れておかねばならない（十戒）〈出エジプト25・16〉』

その箱を用いて、なおも『わたしたちの神は焼き尽くす火でもあるのです〈申命4・24〉』

箱は「証・十戒」を納めるためのものであり、同時に「光」や「電光・火炎」を生じさせる仕掛けであった。うごかすひとが「感電」しないように「絶縁体」の指示もしています。

『悪魔や人間』の、どうしようもない愚かさを神はかなり気長に見守っています。神にとっての千年は、人間が考えるほどのものではないのでしょう。

この悪魔などへの永久の責め苦と、いくつかの「仏の教え」の地獄への転落とは、やや異なっているように思えます。

地獄への転落は「仏の教え」のほうが身近に感じられ「聖なる書」では、あえて義を嫌う者か「悪魔的・凶悪」な、もののみが落ちこむところのようにも感じられます。

地獄を避けられれば永遠の生命をうけられる、とすれば「仏の教え」では不可能事に近いが「聖なる書」では比較的やさしい道のりということでしょうか。おなじような人間に対して天空からの、ふたつの教えは、少し異なった回答をもって迫っているかのようにもみえます。しかし「教え」でいう「悪」とは、人間が考えているよりも、もっと広範囲のもので、ほとんどの「自称善人」は、救いの対象外なのかもしれません。

「天」のいう「愛」とは「生きものすべて」「地球・自然」をも傷つけないことを当然含んでいるのでしょうから…。

『天地の創造』は神の「わざ」かもしれません。偉大なる神の「ことば」が地表に響きわたります。雷鳴にも似て、それはすさまじいものであったか、あるいは、ささやくようにやさしい音色であったか。人間の手がそれを捉えて、この「書」はできたのでしょう。それでふしぎな感じが随所にするのでしょう。

『この巨大な構成の生誕と持続。これはたんなる信教を超えた存在かもしれない。これが信教の対象であるかどうかは、もはや問われる段階を過ぎてしまったのかもしれない』〈ニーチェ〉

これの「正体・源泉」は何なのか。それはそのまま「人間のふしぎ」でもあります。

## 三章　「日本の古い記」

「日本の古い記」では宇宙の創造は、幾人かの神によっておこなわれます。世界のはじめに神が順次、出現することによって、かたちができていきます。神はすがたをあらわすことがありません。

宇宙の中心にあって、すべてを統率する第一の神。つぎに原始惑星などを生成運用する二柱の神というように、自然現象にそれぞれ神の名を当て嵌めるというかたちがとられています。そして、幾柱目かに男と女の神があらわれ、ふたりの神は結婚し、ある場所に立って島々を生み整える作業をおこなうことになります。しかし、それは日本の国、島々だけとなっています。

「聖なる書」では国づくりのとき特定の地域の島、国をつくったとは書かれていません。地球全体におよんでいたのです。

「聖なる書」の神は国づくりを終えて、ずっとのち人間を誕生させました。そして、ある一民族を特定して、徹底的に庇護の手をさしのべています。けれども、きびしく監視もしていました。それに比べ「日本の古い記」の神のばあいは、楽天的、開放的な雰囲気のうちに作業はすすめられ島のあと、さらに神々を生んでいきます。しかし人間にまではおよびません。

このふたりの生んだ島や神の数は、かなりなものとなります。それとはべつに、最初ふたつの島を生むのですが、その島はしばらくすると海中に没してしまいます。なぜ沈んでしまったかというと、国生みの作業をはじめるまえに、女の神のほうから、男の神の身なりを褒めたためでした。沈んでしまったものはしかたありません。ふたりの神は声をかける順序を逆にして、ふたたび生んでいきます。

そのうち火に関する神が生まれたとき、女の神はからだを焼かれ病気になって隠れてしまいます。女の神が隠れてしまってからも男の神だけで、さらに幾人もの神がいろんな方法で生み落とされます。

しばらくして男の神は隠れてしまった女の神に、もういちど会いたいと思って黄泉の国へと出かけてゆくのでした。しかし女の神の病は悪化していて死の世界への手続きは、もうすんでしまった状態であり、ふたりは喧嘩わかれになってしまいます。そのうえ、この神は黄泉の国から追われる羽目になり悪戦苦闘しながら逃げるのです。それでも、どうにか、そこを脱出できた男の神は、ひとりで木の神、水の神など幾人もの神を生み、最期に三人の子をえます。ひとりが天を治める神、次が夜を、三人目が海上を治める神です。ところが、この三人目の神は、命じられた国を治めないで、母上のいる黄泉の国へいきたいと泣いてばかりいました。

そこで、この神を生んだ男の神は『この国に住んではならない』といって泣き虫神を追い払い、この時点で自分は、ある社に納まってしまいます。追い払われた泣き虫神は、どういうわけか、母上のいる黄泉の国へ直接ゆこうとはしないで、天を治める姉神のいる天上へとあがっていきます。このとき山や川がことごとく鳴り騒ぎ国土が、みな振動したとあります。この泣き虫神は嵐を象徴しているらしいのですが、このときの大地の鳴動は、それをはるかに上回った、すさまじいものに感じられます。

一方、天では、そこを治める姉神は、地上からの弟神の来訪におどろきます。『わたしの弟が上がってくるのは、立派なこころで来るのではあるまい、わたしの国を奪おうと思っているのかもしれない』と、なぜか徹底的に戦う構えをするのでした。弟神の来訪をなぜ、それほどまでに危険視したのか。これは、たんに嵐の到来を驚異的にうけとめた表現なのか、それとも弟神の攻撃をうけなければならないような弱みでもあったのか。姉神自身が大層な武装をして、敵襲に備えるところなどは、不自然であり滑稽にさえ映ります。

「宇宙空間」で「体制側・姉神」と「反逆児的・弟神」の睨み合いがしばらくつづきます。しかし戦闘は回避され、ふたりは和解するのでした。そして結婚してたくさんの子、神々を生みます。このあたりのところは「聖なる書」の筋のはこびとちがって、まったくの絵空事、天空の神話らしく話がすすみます。が、どういうわけか夫となった泣き虫神は、乱暴をはたらいて、その世界での異端児的存在となってしまうのでした。そのため妻となった姉神は、夫と周囲の神々との板ばさみになり、天の岩屋に隠れてしまうという一幕もあります。この天を治める姉神は太陽を象徴しているので、当然辺りは真っ暗闇となってしまいます。しかし、それは間もなく、ひとりの知恵のある神が考えた策によって治まります。そして泣き虫の乱暴神は、天の神々によって下界へと追放されてしまいます。ふたたび地上に降り立った乱暴神は以前とは、がらりとかわって「ある国の神」が大蛇の出現に難儀しているのを知って、それを退治してやり面目を一新します（この大蛇は「山からの谷川の氾濫」つまり「水害」であったといわれています…）。

なお、この、ある国の神というのは、天に住む太陽神などに対して、地上に住む神をさしています。天に住む「天つ神」、地上に住む「国つ神」というふうになります。

この異端の神は最初、地上にあったときは泣き虫神、天にのぼっては乱暴神、ふたたび下界に降り立って、その国の神の間で大活躍。最終的には功績のあった神として神社に奉られます。黄泉の国への旅立ちなど、いつか立ち消えとなってしまいます。

『この「日本の古い記」などに描かれた神話が、体系化される以前にあっては、ここで結婚した「天を治める太陽神」と「嵐の泣き虫神」とは、べつの独立した神話であった』といいます。

また天を治める神々は、地上の神々よりも上位に設定されていて、天から地上を監視しています。そして、地上の神々の行状がよいものでないとして、そのつど知恵の神などが相談して地上へと「使いの神」をつかわします。そのようにして送り出された神は、幾人にもおよびます。しかし、それぞれが地上の女の神と結婚してしまって、やるべきことをやりません。

そのあたりのところは「聖なる書」の天の精霊たちが、地上の人間の娘たちの美しさにひかれて、自分たちも人間にすがたをかえ、つぎつぎに結婚してしまったのと似ています。

それらの事柄のあと、天を治める神々が地上の国の神々と戦闘のすえ、ついには日本の国土を平定するのです。その神々の末裔が、地上での特定の日本人の先祖として解釈されるのか、どうか…。それはあの「聖なる書」の一民族が自分たちこそ、地上において唯一の、神に選ばれた民族と自負しているのと似ています。似ていて、しかし、ちがうのは「聖なる書」の一民族は、どこまでも神に選ばれた民族、人間であり、神とは　線を画すのに比べて「日本の古い記」では、その点があいまいです。

はじまりは自然現象に神の名を当て嵌めたのですから、そこに具体的、人格的な何かが存在していたわけではないのです。宇宙創造の場面はそれでよいとしても特定の人間、あるいは大多数の人間との関連は、明確さを欠いているように思えます。

こうしてみると天空の深奥にあって人間を絶えず見守っている神が、人間的というか、人間丸だしというふうな感じです。ただ、その場に応じて「火の神」「…神」というふうに「対象・自然」を神格化した人間の知恵は尊ぶに価すると考えます。

「聖なる書」の神は天地を創造し、人間の命運をにぎっていました。

なお『「―わたしたちに似た―」〈脚注・ヘブライ語の特徴の一つに、接頭語や接尾語を付けて複合語を構成する方法があります。例えば、創世1・26にベツァルメーヌー、「わたしたちの像に」という語が出てきます。「像」を意味するヘブライ語の語頭に、「に」という意味の接頭辞「べ」が、そして語尾に、「わたしたちの」という意味の接尾語「〈エ〉ヌー」が付いて、「わたしたちの像に」という一つの複合的な表現ができ上がっています〉』こう述べられています。ただ日本語に「訳・印刷」される時点で「修正・変更」ができていればとも思います…。

「日本の古い記」は、自然現象のそれぞれに神々の名を用い、天地創造を分担したかたちをとりました。その後も、つぎつぎに神を生み落とし、それが役割に応じて、はたらいています。そののち各地の神社等に奉られて鎮座し、その持分を守っているといいます。どちらかといえば淡白で、なごやかな感じです。

そのように複数の神による、さまざまな活躍、いくつもの役柄の分担ということでいえば「仏の教え」も、役割に応じた仏が、天空の深奥において人間を見守っています。そのこころは慈悲であるといいます。

その発端となるのは、言動をもって体現したひとの教えといいます。それは、主に出家者を対象としたもの、のちに幾人もの「信教」家が、一般人を対象に入れ、それぞれに手を加えて各「経典・宗派」を形成しました。現在の生をどのように修めるかによって、つぎに生まれてくる位置が定まるというものもあります。人間は輪廻の世界にあり、そこには地獄もあれば天界もあります。

しかし、一部の「仏の教え」では「聖なる書」の永遠に当たるものは、その輪廻の世界の外というか、べつのところにあって、それは、ほとんど人間の手には届きません。そこを「浄らかな土」というふうに呼んでいるのもあります。

## 四章　「仏の教え」

『仏教が日本に移入されたのは六世紀半ばであるが、そのとき、日本は古墳文化の衰退期を迎えていたのである。ここで、新しい宗教と古い宗教との戦いが行われるわけであるが、この新しい宗教が古い宗教との戦いに勝ち、日本の地に定着するには、かつて古い宗教が行っていた役割を代わって行う必要がある。それゆえ、そのような先祖の祭りと死霊の鎮魂を、新しい宗教が果す必要がある。私は、仏教はこの二つの役割を、古い宗教、神道に代わって見事に果たし、そして、それによって日本の社会に定着したと思う』

「日本の学」は、つづけていう。

『人間が死んでも、その死霊は残るというのが、石器時代以来の人類の普遍的信仰であり、その信仰を背景にして多くの宗教は育ち、そして高度な精神文明を生んだ』

『日本には、縄文時代以来、死霊に対する深い恐怖感が残っていたのではないか。そして、そのような恐怖が、この古墳建造の情熱を開花せしめた陰の原因ではないか』
『現代人が科学的な見地からみる霊の存在はたしかに不明瞭であり、否定の対象となるかにみえるが、それでは人間の祖先たちはなぜその霊を崇拝対象としたのであろうか。科学は目にみえない電波やX線の存在を人々に見せてくれる。そして、科学の証明し得ないものは、それが、存在しないからだという結論を早急に出すことをしないで科学の解釈し得ない不思議な何かがどうしてものこってしまうのではないかということに思いをのこす必要はないだろうか』
『しかし、科学技術文明の発展は、このような霊についての信仰を根本的に否定しているように思われる。そして、こういう霊の信仰の否定とともに、宗教そのものすら否定されようとしている。しかし、果たして人類がこのような霊的なものについての信仰なしに、高度な精神的存在でありうるかどうか。人間が霊の信仰を失ったときに、はなはだ卑しい欲望的存在になり下がらないかは、現代文明に与えられた大きな問いなのである』

日本海を隔てた漢字の大国に渡り、何十巻という経典を学び、持ち帰った若き僧侶や天才たちがそれを興す。少しずつ力をえて、周囲を圧しはじめます。それ以前の「教え」は駆逐されないまでも、主導の立場を追われます。それでも時の権力の背景なしには、一国の「教え」の本流になることは不可能だったようです。

『仏教が祖先の鎮魂を行うことによって、仏教は国教となった。それゆえ、それ以後も怨霊の鎮魂が仏教の大きな役割となる。その点で密教がとりわけ効果的であったのは当然である』

『密教は壮大にして華麗なる宇宙哲学をもつ仏教である。空海の成功は密教による怨霊の鎮魂によるところが大きい。政治的・宗教的状況を洞察しつつ、彼のもたらした新しい密教を強めていった。そして密教は、ついに最澄のはじめた天台仏教をも征服し、平安時代の仏教は密教一色に塗りつぶされてゆくのである』

「密なる教え」では天空の中心に神があり、たえず万物を流出している、とする。精神の統一をはかり、こころに火を発するかのような祈祷で、即身成仏するという。そこで、そのまま仏になるとか、仏があらわれたとかいうのは、祈る鍛錬をされたからだと、自由な精神のみが「仏・神」と「融合・合体」する、あるいは原初に還るということなのではないか〈実際に信教者のからだから『火が発せられた』という――密教の高僧〉。

　この「肉体から遊離できた精神」と「精神を源とする宇宙の発生（仮説・不合格品）」とは、規模のちがいこそあれ、裏表の関係、本質は同一のものなのにちがいない。宇宙は巨大な、ある意志のはたらきによる現象で、それに物質が付随したもの。それがあまりに巨大なため、逆の捉え方をされて習慣、常識になってしまった、ということはないでしょうか。


『このような怨霊の鎮魂の重視ということは、日本の国情の必要とする、はなはだ特殊な宗教的行事と考えてよいであろう。日本は島国であり、この狭い島国に、ほぼ同一の血統をもつ多数の人間を抱え込んでいる。侵略や帰化などによって、新しく渡来する異民族があっても、それらは暫くして旧来の日本民族と混血し、同一化してしまう。こういう国柄において、一つの集団と他の集団が徹底的に殺し合うということは、はなはだまれである』

『日本の仏教がこの祖先の霊の供養と怨霊の鎮魂という役割を越えて、その純粋な宗教的原理を追求することができたのは、鎌倉時代の新仏教の成立を待ってのようである』

『――新しい仏教は、もはや死者の霊魂の供養より、自己の魂の救済を目指した』
『――祖先の供養と怨霊の鎮魂を離れて、純粋に自己の放棄による他者との出会いという点において追求しようとする、新しい意志がはっきり示されているのである』

おなじように「仏の教え」といっても、それにたずさわる「信教」者によっても異なってくる。もとは偉大なる教え「上座部・小乗」で、そのあと多くの経典「大乗」が生まれている。いずれも「救う・（いのちの）獲得」することをめざしているのであるが、異なったかたちで「真」がいくつも存在することになる。

ある派の開祖は、人間には聖使命があって、それを達成するために生まれてきた。人間は自分の力を過信しているうちはだめだが、自分を無にし、仏の手にすべてをゆだねることができれば、そのとき救われる。いわゆる「他の力・仏の力」によってしか人間は、永遠のいのちに到ることはできないといっています。

そして妻帯を避けず、自らの墓地を拒否し、自分が息を引きとったら遺体を川の魚に食わせなさいと「言い遺し」たといいます。しかし、それにもかかわらず、『自分の墓さえ作ることを拒否した親鸞の墓は、その子孫や門人たちによって手厚く祀られ、今日の教団のもとが作られた。教団は、寛如による寺を中心とする大教団組織の建設の過程で、親鸞のもっていた純粋な理想的性格を失うが、それを失うことによって、かえって教団としての大をなす基礎を作り、天才的布教家であった蓮如の時代に、飛躍的に拡大するのである。今日、やはり教団は葬式や祖先の供養を、その主な宗教的行事としている。これは必ずしも宗祖・親鸞の遺志にそったものではあるまい』

ということになります。

『どの宗派においても、おそらく共通している点は、それをおこした人の遺志はそれとなく薄らぎ、世俗との関わりの中に地歩を築いていったと思われる。そうしなくては存在しつづけることはむずかしいのだ。存在を無に帰してまで純粋さを守ることも美しいが多少の世俗化の中にも当初の心を守りつづけるのは人間の知恵であり、りっぱな姿勢であると考えられる』

自分の墓をつくることさえ拒否した宗祖のあとを受け継いだ教団も、時代を経て偶像崇拝等、開祖の教えとは異なりすぎてしまった。開祖の純粋さを再確認しようと、目ざめたひとが今日、新しい「派・組織」を興しています。そして『仏教を聞いての納得や合点とは別のもの、一切の合点や理屈が粉砕されたときでなければ、ほんとうのいのちは獲得できない』といっています。「仏法・説話」の聴聞を重要視しています。

○…………………………○

『強い信念を持ちながら人情味にあふれ　人々をやさしく見守る姿が　浮かび上がってくる』

日蓮の手紙・1222（承久4年）～1282〈100分で名著・解説・植木雅俊〉

『三百四十通もの手紙が残されている』『人生相談・生活指導・こどもを失った母親に対する励まし…』『仏教用語を使わず父親が息子に語るような口調で書かれている』「人々は手紙から生きるヒントを与えられる…」

『平安時代末期　源平合戦を経て鎌倉幕府が成立。その後も幕府内争いがつづき…しかも大地震・飢餓が…』『民衆は苦しい・どん底』「厳しい時代背景があった」
『原始仏教　お釈迦さまの言葉に還ると男女平等を説いた…100年も経つと男性中心の権威主義になって女性蔑視の考えが強まる…』〈生きものはどこで育てられ生まれたのか…それを「軽視する」ことは「自らの存在」を「軽視・否定」することにならないか…〉
『当時は仏教界と幕府の癒着があった』
『仏教はそういう関係があってはならない・釈迦の時代から言われつづけている…』「…そんななか日蓮の登場がある」…『既得権益を「否定」される人も出てくる』

『立正安国論』～1260年（文応元年）
「他国侵逼《しんぴつ》」「自界叛逆」などで『秘法を立てねば〈他国侵逼・国内内乱〉の恐れを説くも幕府は黙殺』「それどころか『処刑されることになる』しかしどういうわけか『頸を斬る』ことができない」〈人物の偉大さに圧倒された〉
「佐渡へ流刑される」…「冬の寒い時期　放置すれば「飢餓・寒さ」などで死ぬだろうと考えられたのではないか」という。
『その「日蓮に逢いたいという人もいて…はるばる会いに行く…」』『文句を言うために

行った人もあるという…逆にこころをうごかされることになった…』
『三年間放置されるが生きつづける…沢山の手紙が書かれた…』…再び鎌倉に。

『生死観について』
『生死・生命の二つがある』「生という切りとり方」「死という切りとり方」
しかし—生命「本体」は一貫しています。
『波は風が吹けば生じます　風が止めば波は消えます』
『生と死は繰り返すが　水は変らない』
それがある場所が『霊山浄土』だといいます。
『「信仰」することでそこに立ちかえることができる』

○……………………○

数多くの分厚い経典の中に、三百字にも満たない独立したものがあります。広く知られている『色即是空空即是色』の『般若心経』です。〈100分で名著・解説者・佐々木閑〉

『西洋哲学では「我思う故に我あり」ですが「仏教では我はない」。私とは「仮の姿」である』『その姿は何によってできているのか』『それは「五蘊《ごうん》」＝「色・受・想・行・識《しき》」である』という。『色＝からだ』『受想行識＝心のはたらき』『それらは空（くう）の上に成り立っている』と。

狙いは「最高」ではなく、それに準ずるもの…常に求め続ける「姿勢・道程」にこそ重きが置かれる…知恵の殿堂。

ここでは字句の解釈も少しありますが、全体的には「空無」を目指していて『唱える音にすべてがある』といいます。

『「言葉」の領域を超えたものを「心」で捕まえようというのが目的』

『私たちは縛られている…狭い世界観・価値観を解き放って元に戻す』

『無の連鎖を心に染みつかせれば、価値観が変わる…知恵も悟りも変えるのである』

そこに『神秘の響きがあり』『呪文のように唱えれば』『わが身が持っている本来の力を発揮できる』『人類が到達できる最高の叡智』と。

では『空』とは…。『わからない…』

『移ろいゆく世界には何か法則があるのではないか…』『「空」はすべての現象を統括する

ひとつの法則である』と。

『いくつかの要素が集まり…実体のないもの』――『全体は概念にすぎない…』

『あなたの心が決めただけで「もの」に実体はない…実在しない』と。

『すべては空…まぼろしである』という。これは菩薩が説いたものだという。菩薩は人を救うために永遠に修行をつづける。般若心経が理想とする生き方。『何もこだわりのない状態に心を置いて人のために尽くす』これが菩薩の生きる道…『お釈迦様がおっしゃった修行の道を超えた生き方ができる』と…それが心の安らぎにつながるという。

『維摩《ゆいま》〈維摩経〉について』〈100分で名著〉
『そこに集う弟子たちに…釈迦はいいます。「わたしの教えは、川を渡るための筏のようなもの。そして向こう岸に渡ったら筏を捨てて行けばよい」』と。
そこで釈迦は出家のスタイルや修行や戒律を説かれています。『普通の暮らしが理想なのですが、出来ないなら出家するしかないでしょう』という思想。
『空という高度な理論が発達すると、実践的なヨーガ（瑜伽行）が起きる。次に密教のような仏教が起こる。次々とひとつの体系に対するカウンターが生まれる。理論はシャカがのこした脱構築装置（内部が空洞化している）。それを「脱構築装置内蔵宗教」と名づけてみたのです〈解説者・釈徹宗〉』

世界を二分するような考え方「身体と精神」「自分と他者」「対象と主観」「善と不善」「色と空」「悟りと迷い」…そこに集まった釈迦の弟子たち三十数名。

『この国の人たちは心が荒れやすく、ちょっとした事で欲望やいかりが暴走する〈維摩〉』

『これらを「解体した世界」…それを「解体して再構築して生きてゆけ…」』と維摩〈維摩経〉。それを「不二《ふに》の法門」』という。

『「あらゆる枠組みを超えよ　二項対立を解体した世界…それが悟りの世界」』『「普通の暮らしが理想だが、できないなら出家するしかないという思想」それは対立』と。

『生じることと、滅することとは、互いに相反しています。しかし存在するものは、生じることはありません。ということは滅することもないのです。これを体得すると、霧生法忍（安寧なる悟りの世界）を得ることができます。つまり、相反するものさえ、平等なる世界（不二の法門）です・徳頂』〈トクチョウ菩薩〉

そこに集う、すぐれた弟子たちのうち文殊菩薩「それは言葉も思考も絶えた世界…」と。

『釈迦はいう「妙喜国という名の仏国土があり、そこの仏さまは阿閦仏《あしゅく》と呼ばれていますが、維摩さんはそこから、この世界へとやってきたのです」』

〈維摩は在家信者ふつうの生活者、娘もいる・その娘は光かがやくように美しいという（かぐや姫伝説へと）…〉

『阿弥陀仏の「極楽浄土」に対し、東方にある「阿閦仏」の仏国土は「妙喜国』。まだ、あります。『香り・音・光など、あらゆるものが仏教の法（真理）を説く衆香国』。

『集まった弟子たちの「この教え〈維摩〉を何と名づけましょう…」に、シャカは「維摩詰諸説法」あるいは「不可思議　解脱法門」と呼びましょう』と。

シャカが教えを説き終わると、維摩居士、舎利弗、阿難、さらには菩薩たちや天女を含め、この集まりにいたすべての存在は大いなる歓喜に満たされたのである…という。

二分する考え方がよくないというガンジーは死の直前、自分への加害者を「罰するな」といったという…しかし一般論的にできるでしょうか。自分自身ではなく「妻が…」「子が…」「親族が…」被害者であったら……むつかしいのでは…。

「むつかしい・わかりきれない」ということでつなぐと、これも、わたくしの聞きかじりのひとつですが「科学」の分野で「わからない」があるという。

「科学のわからない」は…

『「脳科学」に「臨床体験」というのがある』〈テレビ〉
『死の間際「死と神秘」の境を「こころ」が彷徨する』という。ひとは『見事な夢を見る』『夢とも現《うつつ》ともつかない、脳がつくった幻覚』とも…。
『現実だと錯覚するほどの幸福感に満たされる』『神秘体験は意識と現実の間でつくりだされる感動的で根源的な現象』と…。その間、手術中『脳は全く、機能を失っている状態』

その体験者は相当数いるらしい。

『ひとの意識は、脳内の膨大な神経細胞のつながりによって生まれる』

その作用は脳の一部「辺縁系」と呼ばれる脳の古い部分。これは「爬虫類」にもあるという。『「辺縁系」は進化の初期段階で生まれた』

『臨死体験のとき、お母さんと出会った、それを「お母さんの魂」と受けとめるか、お母さんの記憶だと受けとめるか、それはそのひとにしか決められない、こころの問題。そのひとの信念の問題』という。

外国のある科学者は『死後の世界を示す証拠はない』と以前、語っていた。その後、精神を病み、治療過程で「臨死体験」をした。それ以来、死後の世界を信じるようになったという。どうして、そこまで見解がかわったのか。それは『死後の世界があると明確には、いいきれなかった…』が『今は、はっきりといえる…つづいているのだと…』しかし『自分に矛盾を感じています。ほんとうに…なぜそうなったのかわかりません…』

高度な『神経科学をもってしても、ほんとうのところはよくわからない』「脳科学」のいう「わからない」は、脳（科学的に機能が失われた状態）には「そのような仕組がある」が、なぜ、それが、あるのかは「わからない」。信教は「空」に辿りついたが「空」がなにかは「わからない」。

これらのことは、すでにどこかに記されいるのでしょうけれど…そこには生あるものの「生誕・生存」を赦している「なにもの」かの「神秘のちから」がはたらいているのではないでしょうか。

神谷美恵子「生きがいについて」１９６６年出版〈１００分で名著・解説・若松英輔〉ハンセン病療養所「長島愛生園」で精神科医として患者と向き合った経験をもとに七年

かけて執筆出版後「生きがい論」ブームを巻き起こし『生きがい』という言葉が注目を浴びた。

しかし『神谷のいう生きがい』は「正しく理解されないブーム」であったという…。『神谷がいう生きがいとは』『量的なものではなく質的なもの』…

自身が一時「精神を病む」思いどおりに生きることができない…人生の創造性とは関係ない…待つという道の奥に「生きがいが潜んでいる」……『生きがいという言葉はいかにも日本語らしいあいまいさとそれゆえの余韻とふくらみがある。フランス語でいう「存在理由」とあまりかわらないが、むしろ「生存理由」といったほうがよさそうに思える』

「こころとからだを病んで　やっと　あなたたちの列に加わった気がする
島の人たちよ　精神病の人たちよ　どうぞ　同志としてうけ入れて下さい
あなたと私のあいだに　もう　壁はないものとして〈うつわの歌〉」

そのような精神化された宗教、内面的な宗教は、必ずしも既成宗教の形態と必然的な関係はなく、むしろ宗教という形をとる以前の心のありかたを意味するのではないかと思わせる。

結局、宗教的な世界というものは表現困難なもので、一定の教義や社会的慣習の形では到底あらわせぬもの、固定されえぬ生きたものであるからである。

変革体験、人間を超えた大きなものに生かされているという「発見」は、何かに必要とされるという使命感につながる。

小さな自己、みにくい自己にすぎなくとも、その自己の生命が何か大きなものに、天に神に宇宙に、人生に必要とされているのだ。

それに対して忠実に生きぬく責任があるのだという。責任感がある。

とても素朴なものの中に壮大なものが潜んでいる。

変革体験は、ただ歓喜と固定意識への陶酔を意味しているのではなく、多かれ少なかれ使命感を伴っている。

# 五章　四季

そのように多様な教えが存在していた日本という国は、そのうえ風土的にも比較的恵まれた位置にありました。四季の移りかわりの見事な妙は、それにかわる何ものをも寄せつけないほど豊かな調和のある世界でした。そこに生まれたのが自然へと自己を溶けこませるような生き方であったと思われます。

信教ではありませんが、先哲のことば『迷える魂を落ち着かせ、統一を保って、そこから離れないようにできるか』『すべての感覚を閉ざし、理知の働きをやめる。すべての鋭さは、鈍らされ、すべてのもつれはときほぐされる。すべての激しさは和らげられ、すべてのごみが取り除かれる。これを玄同《げんどう》という』などが、思い浮かんできます。

信教的なものも含んだ、あらゆる人間的な、かかわり合いに背を向けて自然の中に一見無信教「世捨てびと」と見られるような生涯を送ったひとも少なくなかったでしょう。名を世に知られなくても、素朴な生をそこに終えた人々。それは「現実逃避・厭世思想」というふうにもうけとれるでしょうが、生命を肯定し生きることを愛おしめば、この大自然の佇まいこそ生命の源泉であり「神・仏」の在すところではなかったか。
谷川の流れ、雲のさま、風のそよぎ、降る雨の音。何ひとつ人間の手になるものはありません。人間の意志などによって動ずるものではないのです。これこそ自然のことば「仏・神」の声なのではないか。そんなふうに感じられてくるのです。

いくつもの教えとは、一見かかわりのない自然への接近。それは「信教」とは無縁なのではなく、意識するかどうかはべつとして、それをすべて包容したところの率直なる身の処し方。もはや自然と人間という、相対する関係は消え失せて人間は自然の一部分、自然そのものに、なりきっているのではないでしょうか、人間のいのちとしてではなく、いのちの中の人間として…。
季節がめぐると咲きそう花のように、一年を周期としているもの。もしかしたら、何百年何千年というような周期で花開くいのちもあるかもしれない。

それは人間の記録から、はみだし幽遠な円を描いてめぐっている。人間も含んだ、生きものの季節がそこにはあって、どこかの国にあるという伝説のように、一度終わった世界が深い眠りのあと、ふたたび歴史を描き直しているのかもしれないと、幼い日の夢のつづきを見ているような思いになるのです。

その反面、日本という国には「地震・噴火・津波」の大被害の記録も数多く残されています。

そんな自然への思いから離れ突然、地球の表皮にある人工的な造物へと、目を転じてみます。

# 六章　「宇宙人説」

そこには、まことに解しにくい不自然なすがたが身を横たえているという。

『わけのわからない不気味なものが、地球上にはいっぱい残っている』

こんなふうな書き出しで宇宙人説の書は、はじまっています。

太古の人間たちには独力ではとても、つくれそうにない高度な遺物が地球上の各地にあるといいます。だれかが当時の人間たちに、教えてつくらせたと思われる。だれかが教えるといっても、地球上に当時住んでいたと推測される、科学知識をもった人間あるいは生きものといえば、伝説とか神話の世界に活躍したひとたちです。もっと、べつのものとしたら飛来したかもしれない宇宙人ということも考えられるというのです。

ジャングルの中に妖しく佇む変形ピラミッド。その中の部屋の片隅に石棺があり、ふたに三段ロケットの図柄がはっきりと彫りこまれていた。これは二千五百年ほどまえのものではないかという。かつて高度な文明の栄えた国があり、それがあるとき大洋に沈没してしまい、そこにいた幾人かが、こういう未開地へと避難して、そのさい論理的な面だけを足跡として残したという説もあるというのです。

たとえば「日本の古い記」などに書かれてある、国づくりのうちに沈んでしまった最初の島などは時期こそちがいますが、それに似た現象は他にもあったかもしれません。少しはやく生み落とされただけで、そこに高度な文明の栄える時間があったかどうか、わかりませんが数千年のひらきがあれば可能性はあるでしょう。

なおも、ふしぎな地上の遺物はつづきます。

三千年ほどむかしの町から、人類が近代になって、ようやく加工に成功したプラチナ類の装身具が発掘されたこと。

現代でも生産不可能な錆びない鉄の柱が何千年もまえから、ある地点に立っていること。

二千年まえ頃の銅板式電池などなど、あまりにも多くの、あまりにもふしぎな事柄が地表を埋めつくしているという。

それは遺物だけではなく「言い伝え」にもあって「仏の教え」の生まれた地にも、古い伝説をまとめて書き遺したものがあるといいます。

それには翼のある乗りものが天空で、炎を出して相争い終極、世界は熱で焼かれ、象は焦げながらおびえて走り、一万個の太陽が燃えるようにきらめいた。世界はそのとき、いったん終わった。

これは当時、科学の最先端をいく、ふたつの国があって、あるとき闘いに死力をつくしきって双方とも滅んでしまった。そこには核兵器のようなものも使われていたのではないか。これによって、二国と周辺の国々が一定期間、絶滅状態に陥ったというのです。それらのことと、どこかでの「島・陸地」の沈没が、もしも相前後して起きたとしたら、その地域の人々にとって世界は文字どおり消えてなくなったといえるでしょう。

『太古、銀河系の彼方で人間に似た知性体同士の戦ったインドの伝説は、おそらく宇宙戦争からきたのだ。この戦争で一方が負け、彼らは宇宙船に乗って地球へ逃れた』
『勝者はそのあとを追い、敗者たちがある惑星に逃げ込んだと信じ、それを爆破して帰って行った』

そのあと地球に逃れた敗者たちが、その知識を一部の地球人に伝えたという。そうしたことから原始的な人間たちと高度な文明をもった少数派の説明はつくように思えます。

なお、この爆発で太陽系の引力関係に狂いが生じた可能性があるといいます。

「聖なる書・旧い契約」の中に、四つの輪をもった鋼鉄製のような乗りものが轟音と光を放ち近づいてきて、ある人物に預言を伝えている場面〈エゼキエル〉があるのですが、それはまさしく現代の月面着陸に用いるような科学機械であった。それこそ現在の人類文明以前の科学文明を保持する者の存在、言動であったと宇宙人説はいうのです。

『「―突然、天がひらけた」―「激しい風と大いなる雲が北から来た」。いなずまのような輝きと轟きが起こった。―と思うまもなく、怪奇な「生きもの」が一つ、地上に降りてきた―「わたしは見た。火の中に青銅のように輝くものがあった。その中から四つの生きものの形が出てきた。彼らは人の形を持っていた。四つの顔を持ち、四つの翼を持っていた。生きもののかたわら、地の上には輪があった。四つのおのおのに一つずつの輪である。生きものが行くときには、輪もそのかたわらに行き、生きものが地からあがるときに、輪もあがる』〈日本聖書協会版より抄出・宇宙人説〉

これに似たものが『現代の最高水準の乗りもののうち一つは輸送用の大型ヘリコプター、もう一つは月面に射ちおろした「着陸船」である』という。

『「エゼキエル書」はエゼキエルというエレサレムの神官が書いた文章だ―書いたとき彼はエレサレムにはいなかった。はるか東のバビロンの近くで、奴隷同然にこき使われていた史実としての記載がある―そんな悲惨な捕虜生活のある日、紀元前五八一年四月五日突然天がひらけた激しい風と大いなる雲が北から来た』

『エゼキエルは、この「生きもの」をてっきり「主」―唯一絶対の天の神だとおもったのだ』〈日本聖書協会版・宇宙人説〉

『カルデア人の地、ゲバル川のほとりで、神の言葉が祭司ブジの子エゼキエルに特に臨み、その地で神のみ手が』〈エゼキエル1・3〉

『これは戦慄すべきことだ。いまから二五〇〇余年前、いまよりも発達した月着陸船かヘリコプターのようなものが、どうやらほんとうに、空から地球へ降りてきたらしいのだ。それが宇宙から来たか、地球上のどこから来たかは、またべつの問題としても』

どこかから飛来したひとたちが、その「知識」を断片的に伝達し、原住民のうちの比較的知的能力の備わったひとがそれをうけとめた。というのが真実に近いすがたかもしれません。そのあと、それが、各地で多少ちがって伝承されたため、かえって「伝説・神話」的になってしまったのでしょう。

## ●『聖なる書・櫃』

『―神と会う約束のシナイ山―モーゼがひれ伏す―「なんじ殺すなかれ。なんじ盗むなかれ。なんじ姦淫するなかれｅｔｃ」など石に刻みつけた十戒を授かる。同胞たちのもとへもどり、神の言いつけどおり、「聖なる櫃・大きな箱・日本のオミコシみたいなもの」をつくってその石をおさめた―山の上で、神は、この櫃のつくり方を噛んでふくめるようにモーゼに教えた』

『問題はこの箱―その幅と長さ、材料（アカシヤの板と黄金でおおったもの）―まわりを飾るケルビム（翼を持った天使）―それらをつなぐ金の輪や銀・青銅の付属品…』

『すると神様は「だれもこの櫃に触れてはならない」ときびしく命令した』

『櫃は蓄電器だった、という説。いつも火花にかこまれていた―あきらかに帯電していた

―櫃の黄金板はプラスとマイナスの電気をおびた蓄電器。モーゼが伝えたとおりに、いま櫃を製作すれば、それは数百ボルトの電圧をつくりだせるにちがいない』

この「櫃」は「だれか」が「燃焼用装置」として当時の人間たちに伝授しているのではないか。「書」には事実そのものが断片的に描写されているのではないか。

『現代でも、車のガソリンの燃焼は、エンジンをまわすだけでなく、ヘッドライトやルームランプをつけることができる。ヒーターもつけられる。それと同じ原理を、あるいはそれとは違うなんらかの原理を、櫃は内部に秘めていたのかもしれないのである』

この櫃は最終的には、

『モーゼの子孫のダビデ王が、ペリシテという民族と戦争したとき、この櫃をお守りにするために戦場へ運ばせた。それは牛車に乗せて運ばれ、ウザという男がウシたちをあやつっていた。と、不意にウシがつまずいたので、ウザは思わず、櫃に手をかけて体をささえた』

『―「すると神は」と、ダビデの活躍をしるした「サムエル記下巻」は記録している。

「神はウザに対して怒りを発し、彼をその場で撃たれた。ウザは神の箱のかたわらで死んでしまった」これはどういうことか。この記述からは、ウザがほとんど即死状態で死んだようにとれるが、それほど激しい神の怒りとはなんだったのか』

『──「必ずこうつくらねばならない」「手を触れてはならない」と警告が繰りかえされていた。「また、この櫃をかつぐ者は、なぜ特別な織り方の亜麻服（ある程度の絶縁性があった？）をすっぽり着なければならなかったか』

これはもはや「神話」の範囲内にはおさまらない。「事実・歴史」の一頁なのではないでしょうか。

## ●『古地図・南極大陸』

『──これは古い地図です。それには何か、おそろしい秘密がかくされているそうですよ。見れば呪いがかかるかもしれないので、あたしたちもいままで開けて見たことはありません。どうかアラーがあなたをお守りくださいますように…』

サルタン（豪族）の姫が触れ合った旅びとの青年に別れのさい、宝物の山の中から好き

なものを選ばせた。青年は一巻のぼろぼろの地図を選んだという、のちに、

『──紀元前四世紀に南極大陸が描かれていた──それは一九二九年の秋、トルコの古都イスタンプールのトプカピ宮殿（現在は博物館）で発見された』

イエスが生まれる四百年まえに、すでに南極地区の地図が描かれていたといいます。それも一万キロ上空から見た図のようであり南極が、まだ氷に埋もれていなかった超古代に、これをおこなった何ものかがいたことを意味しているといいます。

『この地図には、中近東、アフリカ、ヨーロッパとインドの一部、北アメリカの東側、そして南米までが描いてあったばかりでなく、南米のさらに南に、南極としか思えない大きな大陸がはっきりしるされていたのである』

『おかしい。南米や北アメリカの海岸線が正確に知られるようになったのは、コロンブスやマゼランといった探検家たちが少しずつたしかめたあと、十七世紀に入ってからである。南極大陸の海岸線がはっきりわかるようになったのは、二十世紀後半──』

『──もっとも、現在の地図とはだいぶ感じがちがっていた。アフリカと南極は、盛りあ

がったように、いやに大きく描かれていたし、南北アメリカはへんにひんまがって、せまい幅に描かれていた。ただ、海岸線はどれもひじょうに正確に描かれているように見えた』

このへんてこりんな地図が見るひとを納得させるときがくる。

『一九六一・六二年には、有人宇宙飛行に成功した―超上空から―人工衛星もつぎつぎに打ち上げられ、「宇宙から撮った地球の写真」が、新聞やテレビの画面を飾るようになった』

『―それを平面に写して描く。当然、いろんなゆがみが出るが、それを平たい紙の上におさめるには、この地図のように描くしか手がなかった』

『地球はまるいのだ。超高空からそれを見おろせば、真下や真下に近いところでは、盛りあがったように大きく見えるだろう。しかし、地平線に近い部分は、ひしゃげたように平べったく見える』

『この地図の南極大陸の中には、一九五二年の観測ではじめて見つかった山脈が、きちんと描かれてある。—これらは現在は氷の下に埋もれ、レーダーでしかわからない。それが正確に描いてある。—人工衛星から撮った写真によく似ている—』

## ●地上最大の謎、高原の怪図形

『その遺跡は、岩絵の一種である。しかし、そんじょそこらのちゃちな岩絵ではない。テレビでも一、二度紹介されているので、ご存じの方もあると思うが、大きさでも不可解さでも、掛け値なしに地上最大の岩絵なのだ』

ある大陸の山の頂上付近の平地に、巨大な鳥などをあらわしたと思える絵図です。これは近くで見ても、足で踏んで歩いても、それとは気づかない。あまりに大きすぎて地上では捉えきれない。あるとき上空を飛んだ飛行士が偶然見つけたものといいます。

『この地方はインカの一支族、ナスカ人たちの領土だった』

部族は自分たちに利益をもたらした宇宙人たちを図らずもある日、突然失い、その来訪を願って、これらの「巨大絵図」をつくりだしたのだろうという。しかし、ふたたびあら

われなかったらしい。〈2011年、新たにべつの場所で「人物像」が見つかった2013・4・13朝日新聞抜粋〉
〈その付近で、さらに新たな大量の絵図の発見があった・2015年7・朝日新聞抜粋〉
ナスカ周辺の検索はつづいている。山形大学ナスカ研究所〈テレビ〉・特別に許可されはきものを包むように四角い大きな「ゴムぞうり」を履く（遺跡を損なわないため）。その場に立つ割と浅い溝でしかも軽快に描かれたものらしい。ハチドリ・サル・クモ・コンドル・クジラなど…それに特徴的なのが泳ぐシャチ。それらは山上の平坦地のみでなしに山間の傾斜地にも隠れるように描かれていた。ナスカは文字をもたない特殊な文明国という。

これらのものが、ながく変形をみなかったのは乾燥地帯だったからという。

動物たちの描かれた「土器」が平原地帯に「叩き壊され」るように散らばっていた。信仰（宗教儀式？）か。

シャチとかピューマ？　は強者の象徴か。魚は「水」を求めていたからか。地表に隠れるように水流装置も。

奇妙なのは「シャレコウベ」。何者かが「犠牲者」になっていた…しかもそれは「敵対する民族」などのものではなく「指導者的高貴な高官」のものという。率先して「信教的」「安寧」を演じていたのか。

シャチに「人間の首」を「捧げて」いた可能性もあるという。

「市街地・都市」そのものが、遠くから見ると「動物のかたち」をしているという。

天空から何ものかが「眺める」ことが、「前提予期」されているかのようだ。

＊＊ＡＩを活用新たな手法でまたも・〈朝日新聞19・11・16 39面抜粋〉

山形大の坂井正人教授（文化人類学）らの研究チーム（２０１６～18年の調査）東西20キロ、南北約10キロ。

＊＊今年は日本ＩＢＭとのＡＩを使った実証実験で人を描いたような5メートルほどの絵1点を発見。～ＡＩが示した５００以上の候補から可能性の高いものを現地で確かめた・探求はつづく（朝日・西田理人、青山絵美）

その地区の名称と日本国内の地名「スカ」。それをつなぐ地球北辺の、いくつかの地名が酷似していることから文明がそこを伝わって、日本におよんだという説もあります。これは島伝いですが、それらのことも含め大空を自在に飛来し、現代とおなじくらい地球を狭いものとしていた時代が、かつてあったのではないかというのです。

＊＊『スフィンクス・一万年』〈テレビ〉

二十世紀の終わり頃、アメリカの科学振興会において、エジプトのスフィンクスについて論じられたとき、ピラミッドの建立は、四、五千年まえ、スフィンクスは、さらに、それより四、五千年まえの可能性が生じたといいます。その理由は、雨による石灰岩の侵食と補修の具合にある。補修は二重三重になされているといいます。

侵食のていどからみて、そこには相当量の降雨を想定でき、それがあったのはその地、サハラが砂漠化する以前、地球を最後の大雨期が襲ったとき、つまり一万年まえ頃と推定される。それは「聖なる書」や「日本の古い記」に記されている「大洪水」と無関係とは思えません。

### ●惑星・ナンバーファイブ

宇宙人説の基本にあるのは「第五惑星人」の存在です。

『この星は、火星と木星のあいだにある。かつてはたしかにあった。これは想像ではなく、近代の天文学がたしかめたまちがいない事実である』

『おそらく、大昔、何かの理由で大きな星が爆発し、あるいは星同士衝突し、たくさんの星くずになった』

『失われた惑星ナンバーファイブ(水星からかぞえて五番目のところにあった)または「小惑星帯」と呼んでいる人たちもいる』

『—参考までに、よく「エゼキエル書」にくらべられる「イザヤ書」を見てみよう。イザヤは、やはり旧約聖書に出てくる賢者の一人で、エゼキエルと同じように「神」と出会ったという。彼はこう書き残している。

「雲のように飛び、ハトが小屋に飛び返るようにして来る者はだれか」、「岩のあいだに入り、主のおそるべき輝きを避けよ」、「あなたは予期しなかったときに下られ、おそろしいことをなされた。山々はそのためにふるえた。昔からこのかた、このような神は見たことも聞いたこともない」、「そして神は嘆いて言われた。明の明星よ、おまえはなぜ天から落ちてしまったのか」』

『この「明の明星」とは、私たちの常識では金星のことである。だが、金星は天から落ちたことなんかなかったし、いまでも夜明けに明るく輝いている。とすると、この神様が嘆いて言った「明星」とは、金星ではないのに夜明けに明るく見えた星、しかも、すでに破滅してしまった星でなければならない。第五惑星は神の故郷ではなかったか』

## ●絵画・五千年

『岩絵。―これは文明史を書きかえる大事件だった。エジプトのピラミッドのいちばん古いのは、いまから四五〇〇年前ごろの建設、メソポタミアのもっとも古い都市の跡が五五〇〇年前くらいである。その前にも、もちろん人類はいたが、それはせいぜい石器や火を知っている程度の、原始的な狩猟民だとされていた』

『サハラ砂漠の果てに描かれた楽園―「タッシリ・ナジェル」（川の流れる楽園）岩に絵が描いてある』

『岩山の洞窟の奥いっぱい、下から五メートルほどの高さまで描かれた怪奇な人物（？）の像―それは人間のようなかたちをし、頭と胴体と二本の手を持っていた。だが、顔に目鼻はなかった。かわりに、変てこな同心円（二重マル）みたいなものが一つ、顔の真ん中に描かれ、もう一つ、小さな二重マルが右頬の下に描かれていた―気密服を着た六千年前の人物像』

『衣服を知らない六～八〇〇〇年前の人たちが、こんな変てこな服装を、どうして空想で描けたのか。描けたはずがない。彼らはほかの絵と同様、見たままを正直に描いただけだったろう。ほかに説明の方法があればいいが、空想説では、この近代の衣服技術によってしかつくれないような格好の謎は、どうこじつけても説明できそうにない』

『――緑の牧場だったサハラに、どこかの星からの訪問者が降り立った。彼は地球の空気や気圧になれていなかったので、気密服をつけ、気密ヘルメットをかぶって住民たちの前に現れた』

## ●ノアの作成船

『――箱船というのは、実にものすごい船である。それはクイーン・エリザベス号の半分くらいもありそうな三階建ての客船なのだ。石器時代の人類は、そんなすごい船は見たこともないはず。神様は一生けんめい、そのつくり方をノアに教えた。おそらく第五惑星の海では、そういう船が使われていた。それは安定した密閉型の構造だったため、洩れもこわれもせず、一年間のすさまじい異変からノア一族を守りとおした』〈非航海用で大型倉庫型か〉

『──こうして異変は終わった。氷河時代は遠くなり、現在につづくあたたかい間氷期がきた。──神は──第五惑星人は、こう祝福を与えた。「生めよ、ふえよ、地に満ちよ。わたしはすべての生きものをおまえたちに与える。すべての草も与える。おまえたちの血を流す者があれば、わたしは必ずその者に復讐するだろう」』

『神々のエゴイズムを見る。彼らは太古の人類全部を大洪水から救おうとは思わなかった。彼らがつくり変えた一部の種族、またはハーフだけを助けた。そして、そういう選ばれた人間たちだけに、すべての動植物と地を支配する権利を与えたのである。このことは「第五惑星人のヒューマニズム」の限界をはっきり示している』

『──もちろん、彼らにも良心はあったろう。ハーフと改造人間だけを救い、ほかの人類には異変を知らせなかった後味の悪さが残ったろう。だから、彼らは生き残った人間たちに言った。人類は初めから大きな罪を背負っていたのだと』

『──そして、それから長い歳月が流れた。第五惑星人の第一世代、人間の娘たちと結婚した第二世代は死んでいったろう。だが、彼らのハーフ、4分の1、8分の1の混血児たちは殖え、改造人間の子孫の中にまじり、洪水をまぬがれた地方の人類の中にもまじっていったろう。稀には、混血児同士がちぎりあい、そこにまた混血児の血が入って、純粋な第五惑星人に近い固体を生みだしたこともあったろう。その典型的な一つの例がイエス・キリストではなかったか。彼は、大洪水のころから四〇〇〇年くらい後に、ユダヤの女性マリアの子として生まれている。マリアの遠い祖先はダビデ王であり、ダビデの遠い祖先はノアであり、ノアの遠い祖先は「エデンの園」のアダムとイブだった。この意味で、聖書は、イエスが神につくられた者の直系の子孫だったことを伝えるために書かれた、といえるほどである』

『——それは、どうみても人間以外の遺伝子の影響からきたとしか思えない、独特の言葉の連続だった。彼は自分を「空から来た神の子」だと信じていた。彼は群集に向かって言った。「おまえたちは下から出た者だが、わたしは上から来た者である。おまえたちはこの世の者だけれど、わたしはこの世のものではない」〈ヨハネ8・23〉』

『人類が近い将来、もし滅びるとすれば、絶滅兵器による戦争、あるいは環境破壊の果て』

それは第五惑星人が「聖書」の頃から、原人（地球人）に影響を与えつづけた結果であろう、というものです。

『――いままでの文明が「自分（の仲間）だけが正しい」と信じこんだ者の文明、「自分（の仲間）以外は正しくないから滅ぼしてもいい」と考える文明だったからではないか。少なくとも、キリスト教国・欧米人が強引に押しすすめてきた文明――』

『もしかすると、第五惑星人は、人間がそういう残酷な潜在意識を持つように、人間を教育したのかもしれない。脳ミソの中に「新皮質」が発達しはじめてからは、人間は知能化する半面、めちゃくちゃに殺しあうようになった。「原人」たちもそうだった。彼らは、飢えないためにゾウやシカを殺して食べたけれども、仲間どうし虐殺しあうことはないのだ』

『聖書の神々――第五惑星人たちが、こうした自然征服や他種族への残虐さを教えたとすれば、彼らこそ、現在の人類をこんなふうに奇形的に発達させた原因だった』

『――とすれば、私たちはもう一度、意識の上で遠い過去にもどり、神一第五惑星人によって方向づけられなかったころに持っていた何かを、思いだしてみる必要があるのではないか』

広範囲、長い期間にわたって、そのときどきの原住民に対して何ものかの接触があったことは事実なのでしょう。しかし当時のひとたちには、それを判別しきれなかった。また、たとえ洞察できるひとがいたとしても、太刀打ちするまでには至らなかった。それが、神であったか、宇宙人であったのか。

その後、地球原住民たちの何千年かの「文化、科学」は、多くの人々に快適な生活をもたらす。その点では当時の侵入者の域に達したかもしれません。しかし、科学の進歩の一部は、同時に「戦争・策略」にも利用された。利用というよりも、それまでの科学者の研究がまっとうであっても、ある瞬間、時の「権力者・為政者」の「介入・強奪」によって方向を変えられてしまう。

「思想、主義」「利益」などのちがいから、「集団」・「国」とが争い、それを制御する面が育ちきれていない人類。根治のむつかしい疾患を体内にもちながら、治療手段を見つけられない「巨大なる発育途上児」。

# 七章　「日本のむかし話」

あるとき、どこからか地球に降り立った、だれかがいたとしたら、そのひとたちとかかわりがあったかもしれない「天の羽衣の天女」「竜宮城の乙姫」「竹取物語のかぐや姫」。架空の「ものがたり・人物」と思いこまれているものに、真実が伝えられているということはないのでしょうか。

たおやかな天女が地表に降りて、身にまとった衣をぬぎ海で水浴をした。衣は松の枝にかけておいたが戻ってみると、なくなっている。辺りに人影はない。衣がなければ天に舞い戻ることができません。困惑がつよく彼女を襲い、ほとんど絶望に近い心境での生活をうけ入れなければならなくなります。このあと話は、衣を隠した漁夫の妻となって地上にしばらく暮らすことになるわけです。そして、ある日、衣を見つけ天に舞い戻ってゆく羽衣伝説。

かめを救った返礼に、ある日、かめに伴われて竜宮へと招かれた釣りびと太郎。華麗な日々を過ごした太郎は、わかれぎわに姫から玉手箱をもらいました。地上に帰ってみると、見当もつかない歳月が経っていた。周囲は見知らぬひとばかり。自分だけが歳をとらなかった。途方にくれて玉手箱のふたをあける。一瞬、白い煙が立ちのぼり、顔にかかったかと思うとたちまち老いてしまう、浦島伝説。

竹取の翁がある日、竹やぶの中で光った一本の竹を見つけ、それを割ってみると中に、小さなかわいらしい女の子がいた。妻と一緒に大事に育てようと家につれ帰る。しばらくすると、あるとき急に妙なる乙女に成長する。そこで、幾人もの男たちから求婚されますが、さまざまな実現不可能な難題を出して、乙女はこれを退けます。八月十五日、名月の夜、天空から御車のむかえがきて天上へと帰ってゆく、かぐや姫。

これらの伝説には、母体となる何かが存在していたのではないでしょうか。はじめから頭だけで考えられたものではなく、それに似た体験があったように思えるのです。ごく表面的に見るかぎりでは、みごとな美の世界ですが、そこには滑稽なくらい見苦しい現実的世相が同居しています。

羽衣を盗んで隠した男はいつかそれを、かえしてやるという交換条件で天女に一時期、妻になってもらっています。

かぐや姫の示した難題に求婚した男たちの思惑、対策はすべて露見します。現実には手に入らないものばかりを、かぐや姫は求めましたから、はじめから求愛など、うけ入れる気などない。ごまかしの贈りものをした男たちは二重の失策を演じます。

浦島太郎はひとり隔離された時間を過ごします。帰ってきた太郎は、そこにこころのつながるひとを見つけることができなかった。ひとに体験を話すが、とり合ってもらえない。竜宮での生活は、まったく現実から隔絶された別世界のものでした。そのうえ表面上、歳を重ねない空間にいた。理解し合えないばかりか、ほんとうのことを話さない『変な」人間と思われはじめた。そのとき人間としての存在の意味を見失う。途方にくれて玉手箱のふたをあける。するとたちまちに老人と化してしまう。

乙姫は結果をすべて見とおしていたのではないでしょうか。

こうしてみると男たちは、みな滑稽、気の毒に捉えられています。これは話を面白くするためにだけそうしたのでしょうか。

それに比べ女たちは麗しく光かがやくばかりですが、ふつうの女人ではありません。

こんな特殊な状況設定が、むかしむかしの話の中にとり入れられていた。これは、その頃のひとたちの豊かな創造力の賜物ともいえましょうが、ある事実を語ったものであった、とも考えられないでしょうか。

むかし話的なものの多くは、それに直面したひとにも説明のつかない、新事実であったのではないでしょうか。それはおどろきであり、不可思議であった。しかし現実であり、まことであった。話の周辺のひとは、他のひとへの「記録・伝達」の「必要・使命」をつよく感じた。

時代にそぐわない現象の背景には、何らかの理由、たとえば天災とか戦争によって、環境が壊滅状態で、女人を育てることが、むつかしくなっていた国なり、惑星があった。そのままでは種族保持があやぶまれる、というような状況に追いこまれていた。そこで比較的環境のいい地区を選んで女人を「保護・育成」しようとした。そこまでの距離の移動は、羽衣でいえば飛行服、かぐや姫では、来訪は筒状飛行物、浦島のばあい円盤型状のものではなかったか。それをだれかが目撃したか、実際にかかわりをもったかした。しかし対象物を理解しきれなかった。

これらのことを最初に語ったひとは「世迷い言」をいう半狂人として、あつかわれてしまった。のちに、少し離れたところのひととか、時間的に隔たっているひとが、そんな半狂人のいたことを伝え聞いて、話の内容に興味をおぼえ、語り部となった。そうしているうちに、ほんとうの話ではないけれど、という前提のもとに語られるようになり、聞くほうもそういった先入観のもとにうけとめていった。

女人たちは実在の人物でしょう。乗りものも実在した。

水浴の天女は衣が見つからず、中継基地までの飛行ができなくなってしまった。

浦島の竜宮は「美装・完備」された海中の特殊船内。その往復は亀のかたちに似た小型乗りもの。

かぐや姫の迎えの「乗りもの」も「聖なる書・エゼキエル」にあらわれた四輪の飛行物体から爆音を消去すれば「御車」となる。出現は、竹やぶの中に筒状のものが「着陸」したもの。その後、翁たちに接触した。

そのうちに話そのものが知恵のあるものになり、変形しながらも「言い伝え」化されることで延命をはかり、しだいにほとんど完璧なまでの、いのちをえていったのでしょう。

なお、浦島伝説は一ヵ所ではないというが、何ヵ所あっても全部ほんものの可能性が高いと思われます。

ここからは日本のむかし話ではないのですが、それに、これは「むかし話」というよりも実話を伝説的にとりあげたものといいます。おおよそ一万年ほどまえ太平洋上南西に小型大陸と呼ばれていた島があり、のちに「神の国」ともいわれていたといいます。天から神が降臨して、粗野ではあっても純朴な原住民を平定していった。追われた民の一部は制圧を逃れ森林づたいに北へと避難し、引き潮の浅瀬をつたわり近くの島々へと逃れた。また、反対端の南部辺にいたひとたちは、木や蔦をくみ合わせて海に浮かべ、それに乗って南の島へと逃れていったという。その後「神の国」の民たちは、よく統制のとれた一地方文化圏を形成していく。当時は「理想の国」と思われていたという。

そこでの人々の間には問題らしい問題もなかったといいます。民衆は生誕したときに、からだのどこかに「入れ墨」のようなものがほどこされ、それが生涯をとおしての国民番号となっていた。犯罪らしいものは「いじめ」にいたるまでなかった。事前に「犯人」は抹殺されてしまう。したがって、国による「拘置・断罪」等は一切不要で、処刑は国有の秘密組織がおこない、命令をくだす「中枢」は鮮明ではないが、犯罪以外には「邪心」さえ抱かなければ庶民は比較的安全であり生活はあるていど保障されていた。

「非邪心」の主なものとは「お上・征服者」の「命」に逆らわなければいいのだった。その「命・政策」とは、神の後裔が国をおさめているので、まちがいというものがないわけであったから…。

この国には強烈な信仰というようなものがなく、自国の神話に常日頃から親しませて身に沁みこませ、それを批判してはならないという、不文律があった。「疑問視・批判」をしにくいように常日頃から「習慣・教育」されてしまっていた。それは一種ふしぎな世の中を形成していたが渦中にある民衆の多くは、それに気づかなかったのか表立った「批判・抵抗」は少なかった。時に一部に謀反はあったが暗黙のうちに鎮圧されていた。

それに「お祭り」が好きな民族で、各所に「神社」が祀られていて、そのどこかで、いつも何らかの「祭り」があり「神輿」が担ぎ出されていた。

ただ民主化が叫ばれて、議会政治へと移行してゆき、年月を経て、一見「正道」を具現したかに思われたが、次第にその民主路線を為政者が巧みにあやつり、思いのままにしようという空気が濃厚となっていった。もと中枢にあった「国土征服」者側から方向性を誤らないでほしい、という要望がよせられたくらいであった。やがて「為政者・権力者」が「民衆」の「神輿」好きを巧みに利用して、あらゆる問題をそれに絡ませた。問題のすり替えがおこなわれていった。

そこでの住民たちは、まさかそのことで国家が危機に瀕するときがくるなどとは考えられなかった。それよりも、ひとつの心配ごとは、海岸線が年ごとに海面に浸食されているらしいことであった。民主路線の「悪用・破綻」よりまえに、あの地表のほとんどを飲みこんだ大洪水で水没してしまったわけです。

これの書かれていた本との出会いは古書店の棚でした。「太平洋戦争」で敗戦を喫した日本の街のひとつ東京が、その傷跡を残しながらも部分的に都会をとり戻そうとしていた頃わたくしは、しごとのほかは、古書店を歩き回っていたこともあって、ある店主にすすめられて、これを入手したわけですが、何でもご自分の蔵書が並びきる棚面で、書店をはじめられたということで、そういわれてみて、あらためて、個人の所有にしては、その量の多さにおどろいたおぼえがあります。が当時その本は、一通り読んだだけで、そのまま部屋の片隅に放置してありました。最近、身辺整理をはじめて、あらためて目にしたのでした。材料が粗末で裏面はざらざら紙、そのうえ年月が経っているので頁をめくろうとすると、破れるというよりも古い木の葉のようにかけてしまうことがあります。目次などは手書きで、それでも頁数などは、きちんと整理されているようでした。表紙は、引っ越しなどのときに少しずつ破損、欠落してしまい、著者名はわかりません。

それだけではなく、本文にも修正したあとがあり、手書きの頁が散見されます。これはいったいどういうことなのか。その頁が破れてしまったから、その分を書き写したものなのか、それとも書店主のまったくの創作を挟んだものなのか、判断しかねます。どのみちそれは全体のほんの部分なのですけど。

ただ神を人間に直しているところや、幸福な国の民を、国家批判を許されない似非民主主義のあわれな民ともいえるなどというくだりは、まったくの反対論であり、どのようにうけとめればいいのか。それに小さく「集団的若年性症候群」などと。

百年先の理想形態よりも、すぐ目の前の「満腹・充実」を求める。「年齢層」「格差」などが複雑に絡み合い「その時の勢力」をつくりあげる。これを歴史は避けることができない…など。

また「派閥を組む」のが得意な「人種」が「政治の場」に、周到な「網を張り」すぐれた人たちの進出を阻止していた。「良質の考えをもった人物」が、時には台頭しそうになったが「陰謀・策略」によって、そのほとんどは「粛清・抹殺」されてしまった。したがって、政治の場は、一流とは少しちがうようだったという。

そのうえ、強力な「磁力」のような、その中枢は「具象化」しないような「ちから」を張っていた。それは「魔力」か、と感じられたという。それが、「役職」にある「ひとたち」をあやつっていた。「ちから」が最初から「かたち不在」なのだ。だから、万一、事が発覚しても、「権者・悪徳者」は「不明・透明」なのだ。「尻尾」と「本体」は、別々に存在していたのだという。

「為政者」が民衆を騙すというよりも「為政者」自身が「何者」かに「騙され踊らされ」ているかのようだったという。それは「団体・組織」化すると「自然発生」する「発酵要素」のようなもので、それを避けようとすれば「組織」は「分裂崩壊」せざるをえないらしい。

一見統制のとれた平和は、人々のしあわせを謳っているが、発端の神の降臨は他国からの、たんなる戦闘民族の先住民駆逐のものがたりともとれる…そうなると、かれらに追われた先住民は不当な侵略をうけただけです。それに、これには後日譚があって南の島へと逃れた島民が数百年後、もと本土の災害を救援しなければならない羽目にもなります。二重三重の被害者となります。それに「南・北」へと逃れた島民の「信仰対象神」が長い間「征服者・本土」の「真似もの」であると研究発表されていたが実は逆であったことも後年認められた。

本土全体からみれば、ほんの一部かもしれないが、公害的な問題も多発していたという。化学薬品製造過程で河などに猛毒が垂れ流されつづけ、地域住民は、魚などを食べ「病と死」が百年以上におよんだという。

また、病菌（ハンセン病）らい菌により皮膚や末梢神経が侵される感染症が「不治の病」と恐れられた…感染力は非常に弱いが、強制隔離が何十年にもおよび、その被害者の「社会からの苦しみ」は百年以上にもおよんだという。

この時期、科学とか、文明は、地表全般にわたっていたのではなく、ある国、ある箇所に集中していたらしい。なかでも、この国の科学（化学）文明は相当なもので、それだけに害も深刻であった。しかし、そういったことは、その被害地区に「限定・隠蔽」してしまい、時間的にも空間的にも全体の問題とは隔絶してしまうという政、民衆」両者の「特技、習性」があったといいます。

# 八章　不合格品

宇宙の誕生以前に照準を合わせなければ、内面世界は確立できない。青年期のはじめ頃、そんなふうに、ぼんやりとわたくしは感じていました。そんなとき、ある詩編に触れて「不合格品」は生まれるのですが、そのいきさつはべつにして、そのさいに内面世界ができあがっていたのならば、そのごのさがしものなど必要ないわけで、いまさらのように時間をかけ煩悶していることは、確かなものは掴んでいなかったわけです。それでも、いま、ゆきがかり上、作業にかかわりのありそうな部分を拾ってみます。あの頃、神話的などと思いましたが、それほどのことはない、たわいないおとぎ話的な世界です。

それは、ひとりの「人間の男」と、人間とは少し異なった生きものの「オトコ・Q」とが、一本の川を挟んで両岸を上流へと歩んでいるところからはじまっています。
いつの頃から歩きはじめたものか人間の「男」には、はっきりとした記憶がありません。何の目的で、くる日も、くる日も上流へ向かって歩んでいるのかも、わからないのでした。

自分が何の目的も感じていないのだから、対岸の「Q」にも当然、歩いていることの意味などあるはずはないと「男」は判断します。どこまでも「男」の思考力の範囲内で話は進行します。対岸の「Q」の内面は「男」には推測できません。

ふたりは、それぞれの種の地球上における第一号という設定です。向こう岸の「Q」は、人間とは少し異なった能力の持ち主ということになっています。作品の題名は「不合格品」です。

ある日、対岸の「Q」のすがたが見えなくなります。疲れが出て遅れているな、と「男」は思います。あんな「やつ」のこと、どうでもいいのだが、と「独り言」をいいながらも、その実、気になってならないのです。もしかしたら暗くなって自分が眠っているうちに、ぬけ駆けしたのではないのか。猜疑心が「男」にわきます。しかし先を急がねばならない理由など「男」には思い浮かばないのです。

幾日かするうち、上流めざして歩いていることの意味のようなものが、皮膚をとおして「男」に感じられてきます。自分と対岸の「やつ」とは、何か共通の目的のために先を争っていたのではなかったか。とすれば「やつ」は先に目的物を手に入れるかもしれない、もしかしたら、もうそれを手にしてしまったか。

いつの間にか川幅は狭くなり、水の中を歩いて対岸にうつれるくらいになっていた。「男」は夜に入っても眠るのをやめ、先を急ぎます。疲れが重なって意識は朦朧としはじめていました。

ある夜明けのうす明かりの中、前方に蠢くものを「男」は感じます。「男」は近づく。もうほとんど本能的なものでした。これが旅の目的だったと直感します。そのとたん疲れも眠気も吹っ飛んで猛然と「オンナ」を追う。「オンナ」は必死になって逃げます。まるで異様な生きものを避けようとでもするように「男」を振りきろうとします。

少しして「男」はふと、われにかえります。どこからか、するどい視線を背中に感じたのです。ほかにも、だれかがいる。少しずつ辺りが明るんできています。よく見ると、すぐそこの木の陰に自分によく似た体型の「女」がいて、こちらを凝視しています。「男」はそのときになって、自分のとった行為のうかつさに気づき愕然とするのでした。さきほどの「オンナ」は、すでにすがたを消していました。

多くの歳月が流れます。

人間の集落も人数を増していました。

ある日、よそ者が捕らえられて広場にさらし者になっています。人間第一号の「男」も、その頃には最長老として軽々に行動できなくなっていました。そこで夫人が様子を見にゆきます。縛りあげられている異形の生きもの「『・q・』超人間第二号・河童第一号」を目にして、夫人には、その出生の秘密がすぐにわかりました。

「不合格品」の作者は若いときに、作文「河童の墓」を記しました。山中で「オンナ河童」とともに危急を脱し、そのご意気投合して「オンナ」をリュックサックにしのばせて都会に帰り数ヶ月間、一緒に暮らしています。そこで「河童の世界（超人間の末裔）」への憧憬と人間世界への失望を味わっています。最終的には、公害などで健康を害してしまった「オンナ」を背負い、ふたたび山中を彷徨するのでしたが「河童の墓」は見つけられずにしまうのでした。

その愛した「オンナの祖」である「河童一世」がさらし者になっているのです。四日目の未明のことです。ひとりの「人間の娘・L」が、忍びよって若者の縄を解いています。ふたつの影が助け合うようにして、樹林へと呑みこまれてゆきます。長老夫妻は、その一部始終を暗がりから見守り安堵します。

また多くの歳月が流れます。

もうその頃には、この集落にも、かなり進歩的な要素がめばえ定着していました。「河童一世」と脱走した「L」との間の子『q』の出現にも、とり立てて問題視するヤカラもいません。

『q』は、祖父母に当たる長老夫妻を訪ね、いろいろと話を聞きだそうとします。自分の親の出生とか「超人間・河童・人間」などの歩み、なぜ誕生したかなどを解明しようとする意欲にあふれています。「男」には答えにくいところもありましたが、真剣に「それ」ととりくむ『q』の姿勢には争いがたいものを感じるのでした。実際のところ正確な「知識・記憶」など「男」には、まるでないのです。同時期に対岸を歩いていて、いぜんとして行方のわからない「Q」のこころのうごきなど知るはずもなかったのです。『q』のするどい質問のまえに、その無知ぶりはひとたまりもありませんでした。『q』の洞察力によって、むしろ教えられながら「男」は問題の核心へと近づいてゆくというぶざまさでした。

「男」が目を見はるようなことが、次々に提起されます。あの無気力に落ちこんでいた歩みのときの向こう岸での「Q」の内面の葛藤をまで『q』は解きあかそうというのです。「男」もつい、つりこまれて夢中になってしまいます。「Q」が途中で、行方をくらましたこと、その直前に何かを書き残していて、それがどこかにおいてあるとの『q』の推測。川を挟んでいたとはいえ、同時に歩いていたのに「男」はまるで、そんなことには気づきませんでした。それをいま頃になってどうして、そんなことまでわかるのか見当もつきません。しかも、これらのことには「自分・男」だけではなく、どうやら『q』の「祖母Q夫人」もまだ健在で参加しているらしいのです。それだけでなく、大変なことが『q』によって推測されていたのです。「男」にとって最大の侮辱です。対岸を歩いていた「Q」や、その伴侶となるはずであった「Q夫人」の頭脳のほうが人間よりも少しばかり、すぐれていたという仮説のもとに問題の探求がおこなわれているということです。「男」は、つき上げてくる憤慨をこらえながら思うのです、そんなに頭のいいやつが、なぜ途中で行方知れずになってしまったのか。

考えられることは、人間種を「隷属」させたくないことだったと…『q』。

しかも、もっともっと大変な事柄が『q』によって提起されることになります。

ある日「男」が『q』と散策したときのことです。ゆるやかな小さな流れに沿って歩いてゆくと、かわいらしい滝状のところへと着きました。滝はほんのわずかな高さから落ちています。その幅は、ふたりが手を広げれば、おさまりそうな大きさに見えました。落下した水の、いくらかが空気を含んで大小さまざまな天体のような丸屋根の泡をかたちづくり、水面に漂っています。落下地点のほうへふたたび戻り、へばりつくようにして、うごこうとしないものもあります。

すぐに消えるものもありますが、泡のいくつかは意外に長命で静かな水面を気持ちよさそうにすすんでゆきます。かたちづくられては消えてゆく泡も、流れの水量そのものに変化をもたらすことはないようです。ほんの表面だけをにぎわすできごとなのでした。

しばらく、しゃがみこんで、ふたりはそれを眺めながら話しこみました。

『q』がぽつりといいました。「Qの書き残したものを、いまさがしていますから、それが見つかれば、おそらく記されてあるにちがいない」とまえおきをして、人間を含めた地上すべてのものの永遠説を提唱するのでした。永遠を希求してやまないのが、われわれであるが、どうも遠い過去において、その永遠に耐えかねて脱落してきたような跡がある。いまそれを明確に提示せよといわれると困惑するよりないが、一種いいようのない永遠の影が「人間・生きもの」には、つきまとっているように感じる。あまりにも短いと思わせている「なにもの」かの、いたずらの手が払いのけられれば、それは見えてくるかもしれない。しかし、わずかな狂いもなく、それをさし示されたならば、かえって、あわてふためかなければならない何かを、われわれはもち合わせていないだろうか。いまは、それを証明するだけの力もなければ材料もない。想像を絶した膨大な広がりであり、遠大な周期なのだ。いまはただ、そのまえに伏すしかない。ただそれが仮に正しいとするならば死をおそれながら生きるのは矛盾している。その矛盾を深層のところで育てながら気づかないか、気づかないふりをして生きているとしたら、それを生きものの「業」とでも呼ぶのか、と『q』はいう。そしてなおも宇宙発生の時点へと話を展開させてゆくのでした。『q』は話し相手の「男」に、わかりやすくするため、たとえ話をもちだしました。

その原初、無限大を意味する「あるもの」の中にあるとき、ほんの微小の異質なものが生じた。「あるもの」たちは親族会議を開いて、その「異質片」の処遇について話し合った。その「異質片・こども」は無限大、永遠の中の佇まいに一種の「倦怠感」をもようしたのです。どこかに何らかの異なった脈動を夢想したのです。

話し合いのすえ「子ども」は、空間へと旅立つことになりました。かつてこころみられたことのない、きわだった冒険でした。いつの日か永遠の偉大さ、尊さに気づいて「もとの座」に戻ることが念じられて、それは決行されたのです。

暗黒の空間へと「異質片」は自らを投擲しました。

無限大の「画架」への渾身の挑戦でありました。

それが宇宙になったというのです。「異質片」の内面は、永遠に対する「倦怠」でした。世界はその「表象」であるというのです。「男」にはわからなくなります。そうならば、われわれは終わりにはどのようなかたちになるのか。すると『q』は、すべてを解きあかすことはできない。「Q」の書いたものを、はやく見つけたい。おそらく、そこには、人間の考えているものとは「質を異にした」世界が展開しているにちがいない。と答えはそっけない。人間を含む生きもの個々が、永遠に対する「倦怠を克服」する日がくれば、そのとき回答は示されるという。

それならば「人間・生きもの」は、いつのときも不老長寿をねがってきた。永遠の座に戻れるのなら、すぐに全員一致、意思の統一ははかれると「男」はいうのです。

『q』はいいます。永遠のいのちに戻るのではなく、いまあるすがたが永遠そのもの。かたちに囚われるから、永遠が特別なものに感じられるだけ、と…。

「男」にはそこのところがよくわかりません。いまあるすがたが永遠だといわれても「人間・生きもの」にとって死はすぐそこにある。死を避けられる生きものなどいないではありませんか。

…これが「不合格品」のあらましです。

生きもののうち、人間が最もすぐれたものではなく「Q」のような、べつの頭脳が存在しているのではないか、という素朴な「疑念」からはじまったものです。

# 九章　「しぜんかがく・人類」

『人類の祖先が大むかし自然の洞穴の奥ふかいところに、たいまつをともして住んでいるありさまがよく絵にかかれている。こういう絵が、いったいどういう根拠をもってかかれたのか、わからない。多分に想像をまじえたものであろうが、それが科学的な発掘によって、たしかに事実とみとめられるようになったのであるから、人間の想像も案外ばかにならないものである』

人類学の書からです。

『哺乳動物の四肢は、がんらい五本の指をもっていたが、馬では平原を疾駆するのに、つごうのいいように、一本の指だけが発達して蹄となっている。人間は五本の指がそのままんべんなく発育している。歯では、肉食する猛獣は牙がとくに発達し、草食獣では臼歯が強くなっているが、人間の歯はどっちつかずである。樹上に住む猿は前脚が長く、後脚は短い。ゴリラの前脚は猛烈な力をもっている。人間の腕と脚は均等の長さで、腕力も比較にならないくらいに弱い。人間の器官は、脳と視力をのぞいては、何か特殊な用途のため特別に発達したものがない。人間は哺乳動物のなかで、いちばん特殊化しない、もっとも一般的な性質をもっているといわれる』

どちらかといえば肉体的には、虚弱な部類に属す人間が、逃げまどいながら生きのびることができました。そして石器時代へとつなぎます。どんな死生観をもっていたと考えられているのでしょう。

『死を人生のさけがたい終末とは考えなかったためでもあろうか。死とは悪意をもった他人からかけられた魔法の結果とかんがえたのであろうか。死者の憤りを鎮めるためであろうか。その肉体を保存し、死後にも生前とおなじ生活をつづけさせようという考えであろうか。死体は休息の姿勢をとって、地上に安らかによこたえて葬るのが常であった。人間の死体を遺棄しないで、このように永遠の休息所をつくって葬るという習慣は、死者にたいする愛情と尊敬をしめすものといわねばならない』

死が意識されるまでと意識はされても恐怖の対象とはならなかった間、死はごく自然に人間を自然へとかえしていた。それが、やがて恐怖心を伴うようになる。その恐怖心は何げなく、かすかに感じはじめたものであればやむをえない。しかし、あるとき何ものかが、それを作為的にとりあつかって煽ったとしたら…。たとえば「自然現象・日食」などを利用して…。何のために…。保身とか、利権、何かがあった。そこに「迷信・オカルト」などの温床も生じた。そして、何百年何千年の間に、恐怖心は、胎児にも脈々と伝播していった。そして、ほとんどの人間の共有するものとなった。そのような「経過・歴史」がなかったか…たとえあったとしても、いまさら立証は困難でしょうが…。

『祖先のお祭りをするときには、撞木のような形をした長い木の竿をふりまわして、空飛ぶ祖先の魂をひっかけて祭壇につれてくる。これが木主《もくしゅ》といわれる位牌の起源である』それと同種と思われる鐘などをうち鳴らす丁字型の大きな棒のようなものも、しだいに小さくまとまり仏壇の中へと移り住んでいったということなのでしょう。

魂があるとして、それがどこかに消え去るのならば、ゆく先は天空がふさわしい。それをときどきつかまえて祭壇につれてくる。ごく自然的発想なのでしょう。

『古代中国には「地下を掘って黄泉の国にいたる」という文句がある。地下水のわきだす地層まで掘って死体を埋葬する。地下水は一種の生命の泉を表象したので、その流れのほとりに死体をおくのである。この地下水の層まで掘りこんで主人である死者の魂をみちびく犬をそのなかに埋葬するのである。中国人は死骸にも一種の魂、すなわち「魄」がやどると信じていた』

「日本の古い記」の「黄泉の国」も、このへんが出生地なのかもしれません。

自然への還元が地球であっても、天空であっても、そこに「差」をさがし求めるのはむつかしい。

# 十章「しぜんかがく・地質」

『古代の民族にとって、星は族の道しるべとして、また、春夏秋冬の暦として、今日われわれが感じているよりは、はるかに身近な存在であったにちがいない。毎夜、おなじ星が、おなじ座標で天空にあらわれることからも、ちかくの星同士がむすびつけられ、それを骨ぐみとした動物・人・神々の像が、大空いっぱいの絵巻物としてくりひろげられたのである。

天空はわれわれの祖先にとって、一晩のうちに東から西へ、おおきな弧をえがいてしずかに回転する、無数の星をちりばめた丸天井であると考えられた。世界とは、たいらな大地が、丸天井によっておおわれたものである、という宇宙観ができあがるまでに、いく千年もの歳月が必要であった』

進化をつづける世の中で、夜空は神話の相手ばかりにとどまってはいませんでした。やがて、さまざまなこころみがなされ「聖なる書」の神の子の生誕の二、三百年まえには、太陽を中心として地球などが自転していることが、ある科学者によって観測されたということです。邪魔が入ります。地動説の主は非業な最期をむかえます。他の科学者の天動説が権威をもちつづけ、中世に至るまで地動説は眠りつづけたといいます。これには「聖なる書・旧い契約」も深いかかわりがあったようです。

『現在地球上にある酸素の大半は、「光合成」をする緑色植物、わけても海藻によってつくられたものだと考えられている』

その酸素を必要とする生物の発生の源は有機物ですが、最初の地球が無機物ばかりであったのではなく、簡単な有機物がすでに宇宙塵の中や始原地殻の中にあって、いろんなものとの結合により、生命現象を示す物質へと進展していったことが考えられるといいます。生物の最初の誕生は海の中かもしれません。人間を含めて動物たちの血液や体液は成分が海水とよく似ていて、哺乳動物が育つ母親の子宮の羊水は、その海水とおなじ成分であるといいます。

また海洋の出現、生命の誕生それら、すべてのものを地表に吸いつけ、とどめさせている力にこそ生命の守護者的源泉が求められるかと思うのですが、地球のその引力というのは地球全体の容積から密度を計算すると平均は五・五で、表面で採取できる岩石が二ないし三の密度しか持っていない事実から、内部にはもっと重い物質があって、それがはたらいて起きる現象だろうということです。

『地球の歴史をふりかえってみると、まず第一に、地球上のすべてのものが進化する、という普遍的な法則が目にとまる。いまさらくりかえすまでもなく、地球自身がそうで地殻も大気も、海洋も、地向斜も、生物も、その例にもれなかった。ここでいう進化というのは、すこしも価値判断をふくむものではなく、あたらしいものがうまれ、かつ死んでいく、という「発展的な運動」をいうのであって、発生・消滅という、らせん運動をつづけることである』

そういった進化の中で現在の地球は青年期あたりにあるといいます。

# 十一章　「別解釈・日本の古い記」

　自然現象にそれぞれ神の名を当てて雄大な舞台をつくり、のちに神と人間を交替させた神話「日本の古い記」をべつな解釈で見てみます。「記紀」の誕生が神話としては比較的おそいこと、出所も明確とは、いいきれないものがあるようです。

「記紀」を研究して、いままでとは異なった解釈をくだしているひとがいました。

　結論から先にいうと、現在の科学文明は、人間の歴史にとって二度目のもので、それ以前に高度な文明社会が存在していたというものです。

『私は、たまたま「古事記」とめぐりあい、その本意を解読し、本書にした。が、神々の登場する「古事記」は、文字どおり、さわらぬ神に祟りなし、なのかもしれない。神々のベールを無惨にひきはがしてしまうのはよくないことかもしれないという危惧を心の片すみに抱いてはいる〈書p13〉』

著者は科学畑のひとです。

『「古事記」は実に不思議で魅力的な書物である。科学技術書であり、歴史書であり、同時にロマンの香り豊かな文学書でもある。また過去の書物でありながら、未来も語っている。これほど一つの文章で多目的に叙述し、かつ文体が簡潔なものがかつてあっただろうか〈書p267〉』

『ここに明かされた事柄は、ある意味では、おそるべきものであり知らないですめば、そのほうが、どれくらい平穏であるかもしれない。しかし世界の各地の伝説、神話などを少し知ってしまうと、そこには天空をむすぶ、目には見えないがだれかが何かを意図する、あるいは真実の線がひかれているのを感じないではいられない。まさしく天空の構図である』

ほかの頁のところでいっています。

『これらの神の名は、あるときは自然現象をあらわしたり、天文用語、機械技術、生物の名前であったり、またあるときは物語の主人公として登場する。このことさえ、きちんとおさえておけば、「古事記」の解読は比較的容易である。といって、現在の科学技術上の予備知識がまったくゼロでは「古事記」の語る真意を正確には理解できない』

人間の歴史が現代の科学水準まできて、先端をゆく科学者が畑ちがいと思われていた分野に関心を抱いたとき、はじめて真実のすがたをあらわすことになった。

『―私の解釈の方法論は、仮説論理学の論法にのっとり、それなりに首尾一貫した解釈をほどこしている』

『―われわれ現代の科学技術の独善による行きづまりに、きわめて効果的に挑戦しているように思えてならない』

として「エンジン」にかかわる論理も展開しています。

それは現在の社会問題「公害」に密接にかかわってきます。

騒音・振動・排気ガスを撒き散らす「エンジン構造」を選んでしまった現代科学の方向がまちがっているというものです。

各地、神社の正面のところにある「勾聰《まがたま》」の図柄が、それを象徴的に訴えかけているというのです。「勾聰」は、円の中で「おたまじゃくし」が三匹追いかけっこしているような図です。そのひとつをとり出してヨコにすれば「西遊記・孫悟空の乗る雲」のかたちにも似ています。それから、もう一種類、梅の花を図案化したような五枚の花びらの円形模様の図〈書p198図案・設計図で説明。書は、全般的に統計・図表などで説明している〉。

これが「天つ神」の時代の「ロータリーエンジン」を意味しているというのです。科学は、方向転換しないかぎり未来はむつかしくなるという。ほかでも、

『高天が原においては、植物細胞膜の電荷輸送の原理を利用して「永久機関」をつくっている。

電荷輸送またはイオン輸送とは、ある種のイオンがその濃度勾配に逆らって細胞膜を通して、濃度の薄いほうから濃いほうへ流れこみ、細胞内部にとりこまれる現象である。

この物理的な原理については、現在いくつかの仮説はたてられているが、十分な説明はない。またこの現象は熱力学の第二法則に反するのではないかとも言われている』

『永久機関』というのは、簡単にいえば、ほとんど資源の「燃焼・消失」もない『永久発動機』のようなものといいます。また『第二法則』とは『熱は高温体から低温体には移りうるが、両物体以外に何ら変化をおよぼすことなく低温体から高温体に移ることはできない』というもの。しかし、この法則はまちがっているのではないか、という〈書ｐ１４７・Ｐ２４７〉。

『現代の機械技術は、一つの重大な過ちをおかしているように思える。それはガソリンエンジンに代表されるレシプロ機構（往復発動機）である。たしかにこのレシプロ機構は、加工技術、材料技術の未熟な時代では、必然的に動力機構として選択せざるをえなかったろう。その初期における選択が、その後の技術の進化の方向を決定づけてしまったようである。

現在の既存の体制と密着したレシプロエンジン技術者は、レシプロこそ動力機構の進化の最高形態だと信じて疑わない。このことは、進化の袋小路に入ってしまったのに気がついていないか、あるいは気づいていても自らの保身のために見えないふりをしているのだ。

たとえば、ロータリー機構の提案があると、その進化の幼少時代から彼らは、よってたかってこの新たな未来への可能性の芽をつみとってしまった。さらにより強力な「ロータリー機構」が出現すると、こんどは、権威的な老学者を旗頭にして反ロータリー同盟なるものをつくって、新機構を制圧しようとした。これは、第二次大戦中、ヨーロッパの物理学者が集まって反アインシュタイン同盟をつくったのと何ら変わりないのである』〈書p198〉

『天の岩屋戸のくだりでてくる不可解な～道具～プラントの建設は、この原理を利用した生物・機械ハイブリッド（複合）「永久機関」だったのではないか――というのが私の推理である』

のちに太陽神が天の岩屋戸にかくれてしまったとき、それを解消してなおも、人々の混乱を治めるはたらきをする知恵の神は、高度文明社会の生んだ思考型コンピューターであったと説明しています。「泣き虫の乱暴神」を地上へと追放するのにも、それがはたらいていたといいます。

『この社会混乱を何とか収拾しようという声が一般市民からわきあがってきた。高天が原の技術者（八百万《ヤオヨロズ》の神）たちは、どちらかというと政治にはうとく、専門家の助けを借りようということになった。そこで、高御産巣日《タカミムスビ》の国の支配者、高木の神が、「思金《おもいかね》の神（コンピューター）」をもって、分析した。そして（社会動力学）にインプットして一連の政策を導きだした。①民心を統一するための心理的政策として「常世《とこよ》の長鳴鳥《ながなきどり》をなかしめた」すなわち、ありとあらゆるスピーカーを集めて行進曲を繰り返した。②大型開発プロジェクトの提案を行った。この開発プロジェクトは、超大型の生物利用第二種永久機関である〈書ｐ１３９〉』

『（すでに説明したように）「思金の神」は知力の神格化ないし頭のよい人間ではない。降臨の際、五〔人〕の随行者と六〔種〕〔もの〕とに分けて著述していることからも、思金の神はもの〔機械〕である。それは〔仮神学〕の神がいたということである。仮神学とは漢字伝来以前から日本に存在した神代の原日本文字ではないかといわれている。八つの小円と一つの大円の四分割された円弧の部分、直交する四つの半径とをさまざまに組み合わせて、種々の音を表記している〈書ｐ１９３・思考型コンピューター（「思金の神」）文字

〈図案化された記号文字〉の解説があります〉』

岩屋戸近辺には、そのほか、いくつかの「道具・機械」設備がなされています。

神代の巻には、そういった科学性が秘められていた、となると「記紀」の「作成・編さん」の意図と、どんな関係になるのでしょう。

「記紀」は八世紀頃に編さんされているわけですが、そのときすでに、それらの「背面」は何ものかの手によって記されていたことになります。それは諸々の国の神話であり伝説かもしれないし、それとはべつの「記紀」独自の「もの」であるのかもしれません。が、いずれにしても当時のひとが、それを「科学的知識で理解」したうえで「記紀」の「背面」としたものではない、かもしれないということです。

それの真意は不明のまま、しかし表面上の解釈は尊ぶに値するものとして「記紀」を編んだ。なぜならば「記紀」の編さんの意図するところが国家の安定『権力者の、いかに民人との差異が絶対のものであるかを誇示しようとしているから』といいます。権威づけのためのその構成が「背面」に、逆ともいえる要素を秘めていたとしたら、皮肉なことだし、ふしぎなことです〈時の権力者が側近（才人・阿礼等）に命じ作成したという〉。

以前「聖なる書」の、ある派の「長老」に聞いた話ですが、あの分厚い「書」を丸暗記しているひとが存在するということでした。外国ですが、幼少時からの「純粋培養的訓練習慣」が生みだしたもの、なのでしょうという。長老との、時折の会話のさい、長老はこちらの「書」への質問に分厚い書から、たちどころに、それの記してある頁を開いて示してくれました。

「古事記」の「伝承」が口述であったとしても、それが成立しないことはないでしょう。そして、そこには、その時代に住む人間たちの外側にいた「人物」が、おそらく関与している。「記紀」の「原型・かたち」は「聖なる書」が生じた時期には、すでにできていたのではないでしょうか。それをどのようにして、八世紀の「編さん・学術」に結びつけたかです。「原住民・非科学者」ばかりと思われがちな当時に、現在からは、考えにくい「巧妙、遠大」な企画が実行されつづけていたのでは…。

「日本の古い記」の、ふつうの解釈では自然現象のそれぞれに、ひとつずつ神の名をつけていくことで、はじまります。そしてこの著者の解釈も、そこからはじまります。

『そのはじめに三柱の神が出現しました。一柱は原子太陽、あとの二柱は惑星群を指し、やがて自然に見えなくなってしまいました。二百から五百億年前の太陽系生成のときです。この惑星群はふたつにわけて表現され、その意味するところは太陽が巨大な変光星であった頃、まわりに散らばっている物質に波動が生じて惑星がふたつの種類にわかれたことにあります〈「まず最初に波動ありき…」太陽系の誕生など書p24〉。

ひとつは地球をとりまく内惑星、ひとつは地球から遠く離れている外惑星です。内惑星群は比重が重く、外惑星群は軽い。それを生じさせたのは波動であり、そのことは「聖なる書」の原典といわれる書にも、はっきりと記されている』

その惑星のひとつが地球であり、そののち火のような噴火を生み出す大地と、静かで変化のない大空ができ、ふたつの神の名がそれに当てられたといいます。

男の神、女の神があらわれ結婚して、国づくりをおこなうという作業が、このあとつづくのです。この神は水とか波をあらわし、ここまでを神世七代といい太古の世界です。

その時期に太陽系の整った秩序を乱す厄介者の原始彗星がふたつありました。ふたつの原始彗星は惑星との衝突によって消滅してしまうのですが、その惑星のひとつが、地球で、そこに大陸や海洋をつくったといいます。男の神、女の神の生んだといわれる最初のふたつの国などです。それは、のちに沈没してしまう伝説の中の大陸です。
このときには、まだ地球には酸素はなかったといいます〈書p82〜〉。

『生物の進化については、古事記はある程度の記述はしているが、生命の発生そのものについては、直接言及した記述がない。そこで生命の起源については、大事忍男《おおごとおしお》（大災変の隠し神）が、何らかの関係をもっているのではないかと考えてみた』

『原始彗星（天沼矛《あめのぬぼこ》）の残骸であるとしてみよう。ときには地球のすぐ近くを通過して、地球に巨大な量の氷片を降りそそぐ、大災変の仕掛人であった』
『地球上に生命が発生して以来、きわめて大規模な災変がすくなくとも三回あった。その一つは、古生代末期にあり、もう一つは中生代末期にあった。そして最後の大災変は人類が発生してから後、いまからおよそ一万五千年前のウルム氷河期の末期におそったと考えられるのである〈書p82〉』

『この大事忍男の神は、既存の生命、支配体制を単に破壊するだけのものであったのだろうか』

『破壊するということ自体、生命の進化～重要な役割があるが～別に昆虫（トンボ）のような多様な機能を生んだ』

『大事忍男の神は、こうして「生命」を生みだしただけでなく、先に述べたようにその後の生物の進化、分化の問題に対しても大変重要な働きをする〈書p87〉』

「日本の古い紀」のふつうの解釈では、国生みの作業で日本の島々だけを生んだとされていますが、ここでは地球上の国々、大陸となります。「記紀」では、国名を説明するとき「またの名を何々」というふうに二重の名称が示されているのですが、なぜ、このような混乱した表現をとったか。それは高度な文明社会の幼児用自然科学教材を素材としているという仮説です。できるだけ多くの知識を系統立てて教えこむ目的で、連想記憶術を利用している。そのため自然科学上の記述が、一見、冗長な童話風のものがたりの仕立てにしてなっているのだというのです〈書p51・57・世界地図と日本地図とを重ねるようにして説明している〉。

国生みの記述は世界の大陸に当て嵌めると無理なくかたちに嵌り、日本の島々だけでは少しばかり、おしつけ的説明になってしまう、そう解説されてみて、はじめて得心がゆきます。「記紀」は、宇宙の創造を描いていながら、国生みの場面になると、日本の島々だけのものになってしまっていました〈p19国生みの記述が大陸移動説と相似〉。

国生みの作業が終わったあと、いろいろの神が生み落とされ最後に三人の神が生まれたわけですが、三人目の泣き虫、嵐の神が母上のいる黄泉の国へゆきたいといって泣きわめくのは、石炭紀の気象現象を表現していて、

『雲がはらわれ、太陽の直射日光が海や大陸を照らすようになって、気象現象がさかんになった。大陸山地に大雨を降らせ、それまで豊雲の下で繁茂していた「ろ木」や「りん木」の巨大なシダ植物の林を、洪水が流し去ってしまった。そうして流されて埋もれたシダ類は、のちに石炭となる〈書p109〉』

「日本の古い記」の「上つ巻」は大きくふたつにわけられ、このあたりまでが前半で、地球の地質学、生物学年代を論じてきた部分であり、『後半は、いよいよ人類が登場する。それも文明発祥以降の問題であり「天つ神」と「国つ神」との、支配争い、あるいは「天つ神」の大和（倭）支配の歴史についての叙述となる』のです。

この「記紀」の興味深いのは古生代の自然現象から、いっきに文明の時代へと話が移行する、そこに意図的な空白部分のあることであるといいます。

自然現象を、それぞれ神の名でもって呼び、後半になると、それがそのまま人間的神の個々の名となってしまう。まことに動的で雄大な舞台装置です。

『「天つ神」は、その昔地球に住み高度な文明を築き上げていた。が、大事忍男（オオコトオシオ・原始彗星）の神すなわち大災変の発生を予期して、地球から宇宙空間に避難した。この大災変は、地球の文明をことごとく破壊しつくす。しかし、地球に取り残された人類のごく少数は、かろうじて生きのびた。この子孫たちは、ゼロから出発して着実に文明を築き上げてきた。このころ、宇宙空間にのがれた「天つ神」たちは、再び地球に舞い降りてくるのである。そして地球上の未開人たちの上に支配者として君臨しようとした。そのための手段として卓越した科学技術を利用した。と同時に、彼らは、かつて地球から逃亡した地球人の祖先であるという事実を伏せておかねばならなかった。支配者は自らの威光を示すためにも神秘的な存在に見せる必要があるからだ。すなわち彼らは、地球上の未開人とは、異質の生命体「天つ神」であることを強烈に印象づけた。これは地球人に対する支配の方法として有効であった。さらに、支配者の歴史を記述するにあたっても、自らは自然物の化身の如く、ストーリーをつくり上げるわけである〈書p112〉』

「泣き虫神・嵐」は反体制派であり地球脱出計画には加わっていません。が、どんづまりで、その計画に気づき最後の宇宙船を乗っとり、ひと足先に複雑な内面をかくして地球から避難した「太陽神・姉神」のところへとむかいます。このときすでに地球を大災変が襲いはじめていました。泣き虫神たち少数を宇宙船に乗りこませ、それを見送った人々と、あらゆる生きものを含んだ地表は、ほとんど壊滅状態となります。人間たちのそれまで築いてきた文明はすべて消え去ります。これは「聖なる書」の「大洪水と箱船」の場面と似ています。それら、すべてを呑みつくして、『山川がことごとく揺れ動き、国十もまた』

ということになるのでした。これは宇宙船の窓から「泣き虫神」たちが目撃、描写したものであろうといいます。

『天つ神たちが高度な文明を誇って繁栄したのは、新生代ウルム氷河期末期〈おおよそ一万五千年前〉に大事忍男の神が襲来するまでの、おそらく二千～三千年の間であったろう。われわれの文明がそうであるように、二千年もあれば、彼らが高度な科学技術文明を開花させたとしても、何らふしぎではない』

『アフリカ大陸南西部―現在は海没して海底にあり、海領の通っているあたりが、太古代には陸地であった。人類の起源はここ』という仮説を作者は立てる。

『アメリカ東海沖の海面は、一万五千年前は約一四〇メートル低く、それ以前は海退、それ以後は急激な海進が行われた〈書p120〉』

『地球の生成や地質学的な発展について、「記紀」はあれほどまでの正確な説明をしてきた。が、当然ふれられてしかるべき人類の発生については、何らの情報も残していない。

これこそ神々の来歴を隠すためのものであった』
『この大災変に関する記録は、いろいろなところに残されている。たとえば、ギリシャの哲学者プラトンの著書「クリティアス」のなかに展開されているアトランティスの物語のなかには（竹内均著・アトランティスの発見）「これは、エジプトのサイスの神官たちによって語られ、ソロンによってこの地に伝えられた物語である。今から九〇〇〇年も前に、―地震と洪水のために一日と一夜にして海底に没して―今は泥土と化し、この国から遠くの海へ船出する人々の航路を妨げる障害物となっている。けれども、この国はかつては、リビアやアジアよりも大きい島であった」〈書p１２１〉』
『サイスの神官の直接的な言葉として、「高貴で偉大なことや、いずれにしてもまともなことが起こった場合には、それが、あなたの国や、私たちの国で起こった場合にも、また報告によってそれとわかる他のある場所で起こった場合にも私たちの国では、それらの古いすべてのことが記録され、寺院の中に保存された。
しかし、あなたたちや他の国々では、文字その他の文明が必要とするものをいつも新しく用意しなければならなかった。このために、間を置いては、疫病のように天から洪水がやってくると、それは、人々の上へ襲いかかり、文字を持たずにまた教養を持たない人だけをそのあとに残した。

したがって、あなたたちは、いつまでたっても子供のようなもので、あなたたちは、ただひとつの洪水しか覚えていない――何世代にもわたって生き残った人たちが、それを字に書いて残すだけの力を持ち合わせていなかったからである。

しかしソロンよ、水による大破壊が来るまえの時代には、アテネの国は戦いの際に最も勇敢であり、その他の点でもすぐれた組織を持っていた。これまでに私たちが話を聞いたことのあるどの国にもまさったすばらしい芸術と、もっとも高貴なふるまいをアテネの国の人たちは持っていた」』〈「泣き虫神・須佐之男命《スサノオノミコト》」の号泣は石炭紀の大嵐・書P106〉。

『さて、ヘラクレスの柱の向こうにあったアトランティスとは、「古事記」のなかの淡島すなわちアワ・ランティスのことではないだろうか。ヘラクレスの柱は、ボスポラス海峡のことであるとかジブラルタル海峡のことであるとか言われているが、私は、これは紅海ではないかと思う。紅海は、その形が、細長くエンタシス（中央部のゆるやかなふくらみ）をもった柱のようであり、これを古代人はヘラクレスの柱と呼んだ。後に、世界が地中海に限定されるようになり、その一番遠くにあるジブラルタル海峡が、世界のはてであるヘラクレスの柱に対応づけられたものと思う』

『エジプトからアトランティスに至るには、この紅海を長い間航海し、インド洋にでて、そこから、さらに南太平洋上のアトランティスにたどり着いたのであろう』

どんなに大切な記録保存も、それを上回る災害が襲えば、跡形もなく消え去る。たとえ瓦礫の中から、それを見つけられたとしても、膨大な時間がそこに横たわり、発見物を正確には理解しきれないことも…これは「過去・災害」だけではなく、平時、そこに用意された「平穏の日々・歳月」を「個々では可としても」「人類」としては、大きく「消化・吸収」するだけの能力を、もち合わせていないのではないでしょうか。

『古事記は昔から、難解な書物として扱われてきた。とりわけ天つ神（神代の巻）においては、神々の名前が羅列的に記述され、古文書の研究者においてすら、一体何をいわんとしているのか、理解に苦しんできたようである。

むろん、古語や上代文法に造詣の深い学者たちが、語源的な意味を賦与しながら、一応の解釈をしてきた。しかし、専門外の人が「古事記」を読みこなそうとしたとき、そのような逐語的解釈が、どれほど役に立つだろうか。

こうなると、「古事記」は、単なる神話の寄せ集めにすぎないとか、後世にたわむれに書かれたもので、歴史書として無価値なもの、偽書ではないか、という評価が、一見説得力をもってくる。

しかし、「古事記」をデタラメな内容で成り立っている偽書とするなら、このようにわけのわからないことを、考えだすのは、かえって非常に厄介な作業になるのである〈書p10〉

『江戸時代の国学者、本居宣長《もとおりのりなが》は、古事記を次のようにとらえていた。

「凡て神代の伝説《つたえごと》はみな事実《まこと》にて、その然《しか》有る理《ことわり》は、さらに人の智《さとり》のよく知るべきかぎりに非ざれば、然《さ》るさから心を以て思うべきにあらず」

要するに、「古事記」に書かれていることは、すべて真実であって、小賢しい批判精神をもってあれこれ解釈しようとしてもムダなことだ—といっている。

この宣長の指摘は全く正しい。本書の立場と同じである。ただ、彼は、もろもろの思惑から字義の解釈にとどまり、本書のように真実をあからさまにしなかっただけである。宣長死後、門下生を自称した平田篤胤という異色な国学者がいた。この人も「古事記」の魅力にとりつかれた一人である。かれはよりラディカルでエキセントリックな解釈をしたが、世に受け入れられなかったどころか、彼の著書は、禁書扱いされた〈書p12〉』

「篤胤」の「書」は、もしかしたら「古事記」の裏側を直感的に感知して「文明第二期」説を論じたものだったのかもしれない。当時ならば「狂人」の烙印を押されてもふしぎではないでしょう。

『「天つ神」世界は、きわめて小さく閉じた世界であり、その世界の特質として、高度に管理された社会組織が必要であった。こうした環境では人間は、画一化され、バイタリティーを喪失し、文明は退化していかざるをえなかったろう。そのような時期での新地球文明との接触は、かなりの新風を「天つ神」世界に吹きこんだ。が、支配者層の保守的な体質は、変化そのものを好まなかったのである。そして、明らかに卓越した科学技術をもっていながら、新地球文明を脅威に感じ、自ら、地球撤退を決意したのである。彼らは、自分たちの存在を、地球の人々に悟られないように努力した。そして、ついに「天つ神々」は、かつての地球の支配者である神から、現在の宇宙の亡霊になりさがってしまったのである〈書p116〉』

と、同時に考えられるのは「永久機関」の「開発・稼動」によって、他国「侵略」の必要性がなくなったのだろうという。そして、それは、多方面での科学技術の高さにも示されている。

『高天が原の科学技術が核エネルギーの利用法を知っていたことは「ソドムとゴモラ」地上の「天つ神」の攻撃（「宇宙人説」「聖なる書」）の場面でも明白』

『「ヤハウェはソドムとゴモラの上にヤハウェの所すなわち天から硫黄と火を降らせ、これらの町々と全窪地および町々の全住民と地の植物を滅し給うた。ロトの妻は後をかえり見たので塩の柱になった。〈ロトとふたりの娘は助かる…そしてその後も他の場所で生活する…〉。アブラハムは先にヤハウェの前に立ったその場所へとやってきた。彼はソドムとゴモラとその全窪地を見下ろした。見渡すと、見よ、その地の煙がかまどの煙のように立ち昇っていた」これは明らかに核爆発による神々の地球文明絶滅作戦である』
『～なぜ、天つ神の指導のもとに築き上げた文明を、一瞬のうちに消し去らねばならなかったのか？「町の叫び声がヤハウェの前に大きくなった」事態とは一体何だったのだろうか？～天つ神世界は高度に管理された社会であった。一方、新地球文明は、天つ神世界では考えも及ばぬほど、自由であり奔放であり、人間性そのものがむきだしであった。それだけに、地球文明と接触した天つ神世界の人々は、地球文明から衝撃をうけ、かつそれらを魅力的なものとしてうけとめた。このことは、天つ神世界の支配者にとっては、非常に脅威であった。場合によっては、それまでの支配体制を一挙に転覆させられるような危機感を抱いたのである』

「聖なる書」では「同性愛」からの「大災害」となっていますが、それは体制側からの説明であって、真実は人間性の「自由奔放」さに手を焼いてのことだとしても得心がゆきます。そして「核爆弾」が使用されるくらいですから、そういったものへの「対処・事後処理」も必要となってきます。

『環境汚染は重要な問題であった。そのように一挙に巨大なエネルギーをうることのできる原子力発電などとは別な、ある意味では原始的な植物を利用した永久機関をなぜつくろうとしたのだろうか』

『高天が原のような小さな小惑星国家においては、環境汚染は非常に重要な問題であった。それは汚染物質を広域に拡散してしまうことができなかったからだ。核エネルギーのみならず、化学反応エネルギーなどを利用した場合、少なくとも熱汚染の問題に対処するため、小惑星外に熱を放射しなければならないだろう。また核エネルギーを利用した場合の、放射能汚染は、たとえそれが微小であっても長い間には人体に影響を与え、ガンや老化の原因にもなる。すなわち彼らの社会には、永久機関がもっとも適したエネルギーシステムなのである』

『小惑星軌道帯などの隕石から研磨剤・鉄などを採り、（一方）天の香具山にいる男鹿の肩甲骨や、天の香具山の朱桜《ははか》を採取、それら生物細胞を利用し永久機関のモデル実験を行わせた～そして、その結果を利用して目的のプラントの作成にとりかかった。まず天の香具山にある常盤木《ときわぎ》を非常にたくさん五百津真賢木《いほつまさかき》根から掘り起こし、その上部に容量型タービン（八尺の勾穂（ヤサカノマガタマ））を、中部に反射鏡（八尺鏡《やたかがみ》）を取りつけ、下の根の部分に白和幣《しらにきて》、青和幣《あおにきて》などの繊維を巻きつけ、いわゆる水耕栽培の形式をとって、生物・機械ハイブリット（混合）の永久機関プラントを作成した〈書１４０〉』

『このシステムを開発した結果、彼らは他の世界に対して攻撃的でなくなり、自分たちだけで静かに暮らすことができるようになった。つまり国家経済において、有限な物理的存在に価値基準をおく必要がなくなったのである。こうなると、富という概念そのものさえいらなくなってしまう』

『最も重要なエネルギーが無限に存在し、誰もそれを独占することができないのであるからだ。これによって彼ら天つ神の社会や文明の形態は、地球文明に介入する必要性がなくなって、地球から撤退していったのかもしれない』

　地球に舞い戻ってきたかれらが「天つ神」を演じたのは、かれらの中に、そういった考えが存在していたからか。それとも、来訪者をむかえた「地球人・原住民」が勝手に「天つ神」をつくってしまったのでしょうか。

地球脱出のとき、人選されたのは「科学信奉主義者」が多数だったはず。そのときに「信教・思想」は、たわごととして排斥されてしまっていたということも考えられます。したがって「天つ神」たちの「信教・仏」は発生しなかった。かれらには、すでに「信教・仏」の生じる精神的素地が欠落していたかもしれません。そのことが自らを「神」にしてしまった。自分たちの上には「なにもの」も存在しないとしてしまった。

そのむかしチンパージたちと人間たちのわかれは「自然」をそのまま愛する者と「効率・進歩」を重視する者との「ちがい」がそれを生んだのではないか、とすると、それほど遠くない将来「無神論・科学重視」は「ごく一般的・平凡・薄汚れした地（放射能）」に決別して「居」を宇宙空間に移してでも自分たちの「居住地帯」を「建設」することになるのではないか…むかしは「同種族」だったのに…と回想されるときが—。

すべての「信教」は人間的なものであり「宇宙空間」は、それがなくても「存在」しうる。しかし、宇宙空間にその要素が皆無であったなら今日の人間は存在しない。

『しかし、果たして人類がこのような霊的なものについての信仰なしに、高度な精神的存在でありうるかどうか――〈四章仏の教え〉』

他方、かれらは「人間・人類」の発生には触れていないが、それ以前の生物には言及している。

『古事記の説くところでは、動物は昆虫（速秋津《はやあきつ》）から両生類（惑子《まとひこ》）に進化した。水際で発生した惑子＝両生類はやがて次の時代の爬虫類（大戸惑子）に進化し、大陸山地の奥のほうまで生活圏を拡大していった』

『そして中生代に至り、陸地は大爬虫類の繁栄の舞台となったのである。両生類から爬虫類への進化は、両生類の幼体期水棲時代が卵殻の中に入った結果であるが、これを仮に乾燥した環境に対する適応であるとまず考えておこう。

さて、中生代の爬虫類を大きく三つに分類して考察してみよう。

① 体型的には両生類時代の体形をそのまま保った爬虫類の原形。
② 後足が比較的均等に発達し、その半面尾が退化していった哺乳類型爬虫類。
③ 前足が退化していった恐竜型爬虫類。

とくに恐竜型爬虫類は中生代に全盛を誇り、そして中生代末期には全滅してしまった。これは大事忍男の神がかかわりをもっているのであるが、それ以前、爬虫類は不思議な進化の運命に常に支配されていたと考えられるのである。

それは退化の法則であり、まずは恐竜型爬虫類にみられるように前足が退化するという法則である。この法則が偶発的にある種属にとりつくと、前足の働きがいかに必要であろうとも、それにかかわりなく、ただただ退化していってしまうのである』

それは生物全般にいえることで、人類だけが例外となるとは考えにくいという〈書P231〉。

この「別解釈・日本の古い記」を書き終える頃、作者はある神社にお参りして、そこでなにげなくおみくじをひいたという。神のことばは、こういうものだったといいます。

『いにしえの文の林におけいいれば世に輝きの見えもこそすれ』

『思想なり空想なり、一つの考えとして存在するものは、すべて実現化しうるものである。

そしていま、「古事記」の中から、この原理の妥当性を説明するいくつかの証拠を見つけだした。すなわち―われわれの空想、夢想は人類の過去の記憶であり、超古代文明においで実在したものである―したがって、一つの考えとして存在するものは、すべて現実化しうるものである〈ハイポロジスクの原理〉〈書ｐ２６６〉』

現在の歴史の、ある時期「何もの」かの、はたらきかけが各地にあり、原住民たちの多くは、それに同調し、翻弄されもした。そして大きな歳月が流れる。それは『神話・信仰』となって再生した。きっと「真実」はひとつある。しかし、たとえ作為的ではなくても、歴史のどこかに「添加作用」もはたらいていて複雑化している。

そういった状況のもと『勾聴」の存在は「第一期―」と「神社」とのかかわりによるもの』。「古事記」は「聖なる書」と同時期に誕生していた。『神社・神官』の前身は、小組織の「特殊知能集団・天つ神」だった』。神社は大抵、山の上、山の奥にあります。そして森林に囲まれている。「天つ神・第一期―」たちは、しばらく、そのどこかを基地にして活動しつづけていた。

出雲（島根県）のある社に「大鉄釜」というものがあるという。蓋のない「大釜」〈テレビ〉だけを見ると、「円盤」の「かたち」にも見える。昔、こういうものに『乗って」

「神が天から」現れたのだという。それを小型化したもの。この目撃情報などは、事実そのものだったのではないでしょうか…。

そして、かれらの『「コンピューター文字」が、のちに「神官」となるひとたちに徐々に教えこまれていった。それが、「日本古来の文字〈仮神学《かたかむな》〉』。

『「第一期語」は、やがて「神官語」』となり、それを補うのは「口述・全暗記」であった。『「エゼキエル書」はエゼキエルというエレサレムの神官が書いた文章だ―紀元前五百八一年四月五日突然天がひらけた―〈宇宙人説〉』原住民の中でも比較的知能水準の高かった「神官」と「宇宙人あるいは第一期生」とのかかわりは「聖なる書」の中の、ほかの場面でも見られます。

一方、大国からの「文化・漢字」の輸入が図られ「第二期」の言語となる。それが定着する見こみがついたとき「古事記」は『「コンピューター文字・神官語」』から漢文に表記し直された。そして、ずっとのち、それらのことに、かかわったのが「記紀編さん」のひとたちであった。かれらは間接的に「第一期特殊集団・神官たち」と交わっていた。

未開地には「禁忌」というものがあるという。文明国といわれるようなところには、それがないのだろうか。「禁忌」は上品に変身して、存在しつづけている、ということは…。それは「言い方」をかえれば「だまし」であり「だまされる」ことでもある。上層にある者が巧みにそれを操っているとしたら…。

もしも、それがあって、それを正そうとしたとき、一定の文明社会に「到達・安定」してしまった「人間たち」の頭上に、人類の歴史のある部分の真実が晒されることになる。そして、それをうけとめる体力もあるていどあるかもしれない。しかし、もっと大規模な、歴史全体のどんでん返しなどという「根源・原始」的な意欲が文明人に残されているかどうか。これはむつかしい。おそらく「人間体制」は、もっと、やさしい道を選ぶはず。この「著者」が記しているように、これまでにも、そういった「秘密真実」に気づいたひとはいただろう。それを表明しないで終わったひともあるだろう。「事実・真実」の掘り起こし、これをおこなうには大変な「困難・労力」を伴うし、それによって何か益するものが生じるだろうか。「国民・人類」は、そんなことを欲するだろうか…と考えてしまうにちがいない。そんな状況の中で、とりあえず人類は歩をすすめているのです。

歴史が一期目か、二度目のものであるかが現在の人間たちに大きくかかわってくるのは

「歴史はくりかえす」のか、どうかにもあるでしょう。人類はそれほど「愚か」ではないとすれば、過去の「真実」をさぐる必要性は薄らぐことになります。が、…文明は過去を大きく失っておいて、のちに時折、ある部分の思い出し作業をおこなっている…。問題によっては「仮説」という名の舞台の上で懸命に真実をさがし求めて奔走する道化師を演じているだけなのかもしれないのです。

われわれが辿れる比較的確かな過去の足跡は、せいぜい一万年くらいで、それよりまえに「科学文明」が宇宙のどこかに存在していたかどうかは実証できそうにない。

人間の能力圏外で、かぎりなく「科学文明」の盛衰は繰りかえされているということはないか。

そして手に負えなくなる科学の一部の「発明・成功」が、すぐ自分たちの首を絞めにかかり息の根をとめるのに目をつむりつづける。

この「文書・日本の古い記」は「メッセージ・伝達」というよりも、かれらにとって「茶化し」の要素を内包した「賭けの対象」であったのではないか。地球第二文明期の、どのあたりでそれに気づき、歴史の修正をはかるか。

その時点では「否」に与する者が大半をしめた。そんなことよりも同士討ちによる「殲滅」を選ぶにちがいない、大部分はそう断定した。

　かれらは、いわば先住民であり、里帰りがかなわず、宇宙での放浪の旅にあるわけです。

かれらのうけ入れを拒んだ「民」が自滅することを、かれらが放任あるいは望んだとしても、それを責めるわけにはいかないでしょう。

それでも「賭けの結果」が気になって、時折「未確認飛行物体」がきているらしいのです。

## 十二章　「神話たち」

神話は太古からのもの、少なくとも「信教」以前…。筋道もなく、迷信的ではあっても、語りつがれ存在していたのでは…。

『「古事記」の神話となって結実する前に、いわばその前史として、五、六世紀ごろから、古拙・粗笨な神話があったものと考えられる。しかし、これを大幅に書き改めて、現在われわれのみるような、すぐれた構成と形象をもつ神話に仕上げたのは古事記であって、それはまったく新しい、一つの神話の誕生といってよいほどのものである〈ｐ５〉』

『主要な役割を演じる幾柱かの神は、この古事記作者の脳裡に誕生したということを意味する。それは、神話の神々に対する、これまでの通念―神々は太初（原初）以来の存在で、人類の誕生よりもはるかに古いとか、あるいは、そこまでいかなくても、少なくとも、「古事記」や「日本書紀」の成立よりもはるかに古い、とかいう考えに、漠然となじんでこられた読者には、意外な感じを与えることであろう』〈日本書紀は古事記の焼き直しといっていい（神話たち）〉。『―神話―神々は本来人間の頭脳の所産である〈p6〉』『また日本神話の大きな特徴として、物語が神の世からしだいに実在の人の世に連続して行くのであるが、その両者の中間・接点に、天孫降臨―がある〈p8〉』『神話が生まれるためには、それらが人文的に発達して、「神」または「神々」として擬人化される必要がある。そのためには、その社会は、未開の段階を克服して、相当の文明をもっていなければならない。またその神話を神聖なものとして守り育んでいる社会においては、神話はその集団生活の重要な部分を規制し、祭祀や儀礼を意味づけ、身分秩序法・慣習・風俗を守る準拠となるという機能を果たしている〈p40〉』

『―「権威者」は、いまその誤謬を改めておかないと、幾年も経たないうちに、その本旨は滅びてしまうであろう。国家政治の根本、国民の教化の基礎となるべきものであるから、それらを討究し、撰録し、偽りを削り真実を確立して後世に伝えようと、時に側近の舎人に稗田阿礼《ヒエダノアレ》という者があった。年齢は二十八歳、生まれつき聡明であって、どんな文でも一見して直ちに暗記し、またどんなことでも一度聞いた話は決して忘れない。そこで「権威者」はこの阿礼に仰せ下され、読み習わせられた。けれども「権威者」は亡くなられ、時代は変わった。

和銅四年九月十八日に臣安万侶（ヤスマロ）に対し、稗田阿礼が誦む勅命の旧辞を書物にして献上せよと仰せられた。その序文によると、「古事記」本文の内容は、「権威者」が撰進を命じた時点ですでに完全にでき上がっており、安万侶はその訓みに関する注を付し、またその訓み即ち本文の国文体の語句を阿礼の読誦を参酌しながら、いくつかの字音仮名で表記し直した程度のものであると考える〈p43〉』

『「古事記」は神世七代の最後に伊邪那岐《イザナギ》・伊邪那美《イザナミ》両神を成り出でさせることによって、わが国土の誕生、わが自然の誕生に話を進めることを急いでいる。ここに「古事記」作者の意図が明瞭にあらわれている〈p51〉』

『「諸民族の創世神話」―神が国々や神々を生むという考えについて他民族の神話を引いてみよう〈p53〉。

旧約聖書巻頭の創世記に「はじめに神天地を創りたまえり」とある。そのヤーヴェの神が創った天地は、「最初は形もはっきりせず、ただ真っ暗な何物も住まない、どろどろの塊だった。しかし、神はさらにそこに光を与えて夜と昼とを分かち、天と水とを分け、地にはあらゆる動植物をつくり、空には太陽や月や星をすえて、地を照らされた。そして、最後にこの地を支配すべきもの人間を、自分の姿に似せて創られ、六日がかりで、この世界を完成して、みずからこれを祝福され、第七日は休息された」。これはイスラエル人の懐いていた天地創造の神話である〈p54〉』

『一方、ギリシャ人のヘシオドス（前八世紀の詩人）の著した「神統記」には、「世界の初めは、形もはっきりしないどろどろした塊で、天も地も海もみな混ざっていた（これをカオスという）。このカオスから最初に生まれたのがガイアだった。ガイアは大地を象徴した女神である。広い胸をもち、その胸があらゆる神々の住居になった。このガイアから、愛の神エロス、暗黒の神エンポス、天の神ウラノス、海の神ポントスが生まれた。これらの神々はガイアがひとりで生んだ。ところが愛の神のはたらきで、自分の生んだ天の神ウラノスと結婚し、ウラノスが神々の王となった」〈p54〉』

『また岐美二神が、天降って国生み神生みした話に似た伝えが、沖縄の八重山の石垣島にもある。アマン神が、テタン・ガナシ（日神）の命令で、天の七色の橋の上から大海に土石を投げ入れ、これを天の槍矛でかきまぜて島々を造った。これが八重山の島々である。島には阿檀が生い繁っていたが、まだ人間も動物もいなかった。はじめに阿檀の林の穴から、寄生虫のアーマン・チャーが地上に出現した。そのうち、神が人種をおろすと、寄生虫の現れた穴の中から二人の男女が出現した。この男女は性的営みを知らなかったので、神はこの男女を池の傍に立たせて、別方向に池をめぐるように命じた。男女は命令のままに池をめぐり、再び出合った男女は抱き合い、はじめて、夫婦生活を営むようになった。後にこの夫婦に三人の男と二人の女が生まれ、八重山の始祖となった。

この伝承の中に「天の七色の橋」や「天の槍矛」が『古事記』の「天の浮橋」や「天の沼矛」を連想させ、また池をめぐって夫婦の交わりをしたのと、岐美二神が天之御柱を廻って、ちぎられた話と符合している。しかし、日本神話と比べた場合、旧約聖書や、ギリシャの創世神話とちがい、八重山群島のそれは岐美二神の国生みに似すぎている〈p54〉』

八重山諸島のそれと日本神話と、どちらが先に生まれたのでしょうか。

いずれにしても、根源的なものへの問いかけ、そして、それを「神的」なものへと「祀り」上げ「奉る」。それは、いかにも人間的であって、しかし、人間の手には絶対入らないもの…。

各地の神話の原型は、その地域に棲む人々の「求め」が、無作為に集約されたものなのでしょう。そして、ある時点で「作者・演出」の手が加えられかたちを整えていった。広い意味での、それは「集団・民族」的欲求といえるかもしれません。群落の、それが有形無形の活力となる。そして、それはそれとしての意味をもつにちがいない。

ひとは根源的に個々において、なおも求める。能動的「求め」は「表出」を同道する。画家が「美」を、科学者が「進歩」を、財界が「発展」を、冒険家が「極限」を、教育者が「指導」を、医学が「救済」を、市井の人々が「信仰」や「行楽・快楽」を。

求める「対象」は異なっても、これはおそらく「同根」から枝わかれしたものなのでしょう。すべての人間は「求め」る。

節度さえ保てれば、自分の「趣味、思考」が、どんな水準のものであっても、臆することなく追い求めていい。それが、与えられた「生き・求め」る「権利」に結びつくと思われるから。そしてまた、神話を人間の「滑稽夢」と考えるのも、信仰を「迷信」と断定するのも「信教」こそ人生のすべてとするのも、それぞれに自由。人間の存在そのものを「無意味・無価値」とするのも、また自由。

それが趣味であれ、行楽であれ、学究であれ「楽しめる」自分の「居場所・時」を見つけ出すこと。「表出・表現」を目ざすなら「発信基地」を。その「アンテナ」が低く「出力」が弱く、電波のおよぶ範囲が狭くても、小規模は小規模なりに。生来、頭脳的に恩恵があったのならば「それなりの道」を。

人間が生きるとは、どの「走路」が、自分にいちばん「おもしろい・適している・有意義」かを、さがし当て「歩む・走る」こと。もしも境遇に恵まれず、どの道も閉ざされていた「とき・ひと」には、それを救済する「運命共同体」的「社会・国家」がそこに存在することが望ましい。

『ティッシュしゃぶり甘いと言う子のあると聞く　どこまで広がる国の格差は』〈當麻龍

〈二〉

またひとつに「児童虐待（死）」。これを文化国家の片隅のできごととするには、あまりにも大きすぎる。「避難・抵抗」のすべをもたない「幼児たち」。

この狭い国土において年間50件以上の「虐待・虐殺」がおこなわれているといいます〈300超えか・虐待通告・16H28・3・24朝日新聞〉〈数年まえまで国民自殺者数・3万人超え10年間〉〈2019・一時期2万人割る〉

人間のしあわせは、限定的なものではなくて、全「人間・人類」にほぼ等しく、それがおよんだとき、はじめて「訪れ・実現」するもの…。

# 十三章　まとめ

さがしものをはじめるとき、さ迷う内面を整えたいという思いがありました。「聖なる書」をはじめとして、いくつかの教えのある部分が結ばれて、そこには、おのずと、ある回答が示されることになる。そんなこころみでした。そういった作業に割りこんできたのが、「人類・地球人」の歩みに対して何ものかが「発信」しつづけているのでは…ということでした。しかし、それは確かなものではありません。見方によっては、とるに足りないということもできます。

しかし、そこに、あったかもしれない過去が示されてあるとすれば、当然のこととして「到着地点」は、現在を生きる人間の、それを参考にした「意思・選択」にかかってきます。

これほどまでに物証が存在しているのに、それが正規に問題視されないのが、ふしぎでもあります。

今日、科学は宇宙空間へと大きく飛翔しています。

一万余年まえの「ノアの洪水・地球脱出」のときの前兆とでもいうかのように。

核「所有」。核「利用（発電）」の「厳密・多角的・廃棄物を含めた」再検討の必要。

「自然破壊・水没する島々・地球温暖化」。そこには人間の知恵を超えた「難」が存在していないでしょうか。——そして「地震・津波」〈東日本大震災〉災害大国日本——

もうすでに、人間の手におえなくなりつつある存在「核・自然破壊」。

日本のノーベル賞科学者・「良質な理性」が、確か当時の「核利用委員会・初期」から脱退しているのです。

「核融合」の「大」な実験が長年にわたっておこなわれているはずだが、実用化のときはくるのか。

このままでは、何千年かして「放射能・自然破壊」が薄れた頃、かろうじて難を逃れたアフリカの一部において「健全なる精神と身体」をもったひとたちが、天空にふたたび「天つ神」をむかえることにもなりかねません。

『幾つかの核の光がこの星に弾けて静かな遊星となる』〈福島光良〉

『核戦争で自分たち自身を地上から一掃したとしても、細菌は……うまくやっていき、私

たちが自滅した後も生き残るでしょう』〈スティーヴン・ホーキング〉
『使ひ捨てのやうに手荒く棲んでゐる地球さびしく梅咲きにけり』〈馬場あき子〉

# 十四章　はじめに

「生のあとの世界」それを究明するために作業は、はじまりました。その因は、遠く幼児期後半頃から、ときどき発作的に「死に対する恐怖心」に襲われだしたことにあります。

それは、ちょっとしたことでわき起こる。夜空の星を眺めているときとか、ふだんでも、ひとと会話していて、その内容によっては急に胸のあたり、もしかしたら心臓かもしれません。そのあたりがふくらんでくる感じがして、ざわつきはじめ、心的なものとはとても思えない、ある重量感をもって全身にはげしく移行する。〈「動作・作業」は一時放棄「その場」を離れたこともあります〉瞬間、絞られでもするかのように頭辺へと上昇、集結するようにして終わるのでした。それに要する時間はいつのときも、ほぼおなじで、ほんの数秒の間だと思います。そういうときには生まれてきたことをうらめしく思ったりもしました。少年はそれを「恐怖の発作」と名づけました。

そんなせいか、こどもの頃よく夢を見ました。おぼえているのは怖いものばかりで、それも自分が殺されることが多かった。目がさめてまだ明けきれていないときなど、もういちど眠って夢のつづきを見てしまうのが怖くて、ふとんの中でめそめそ泣くこともありました。

悲しさの内容を家族にうちあけることもしなかった。説明できるまでには、まとまりがついていないのです。ただもう、生のむなしさだけが、からだをすっぽりと包みこんでしまっていたのです。

殺される夢の中には、こんなものもありました。殺されるのを避けて空に飛びあがろうと、立ったまま水泳の平泳ぎの要領で手足をうごかす。羽はないのですがうまくすると浮きあがれることもあったのです。加害者は刃物をにぎって地上に立ち、空中にいるわたくしを睨みつけています。それを見おろしながら、ほっとして、その場を泳ぎ去るのです。しかし、うまく地表を離れられないときには、わき腹をぶすりと突き刺され、その痛さで目が覚めるのでした。

のちに、山の「単独行」が多くなったのでしたが、時折、軽く腹痛を覚えることがあったので、二十代のはじめに「虫垂」に当たりをつけて切ってもらいました。すると、干からびたようになって、それが腸に貼りついていたということでした。「見てみますか」と、医師が見せてくれました。

その後、空爆と敗戦。住居の移転（疎開先からさほど遠くないところに小さな島があり、そこに移住）。

近所の、戦地から復員してきた方などの、おとなの会話の中に「今どきの若いものは…」これが、かなり刺激剤となったようでした。わたくしの「山行き」は、戦地での「行軍」を意識してのものだったように思われます…。それと生来からの「天空への挑み」。

山のグループにも属していましたが、ほとんどは「単独行」でした。

あるとき脚のつよい友とふたりの尾根の縦走でしたが「まるで走っているようだった…修行僧のような…」と、あとでいわれました。

自分の登山は、からだを張っての、抵抗だったのか。と、しみじみふりかえりました。それが何に対してのものなのか。いまでもほんとうは、よくわかりません。

山のしみじみとした思い出は、ほとんどありません。ただ先を急いだだけでした…これはわたくしの人生そのものだったようです…。

平泳ぎで空中に浮くのとはべつに、空間をすさまじい勢いで飛ぶことがありました。水に飛び込むときの姿勢で建物とか樹木に接触することなく、それらを縫うようにして、つきすすむ現実には経験したことのないうごきでした。タカか何かが獲物を狙って地表にむかって突入するのを見るよりも、もっと迫力に富んでいました。自分のからだが丸ごと頭部で風を裂いて突進するのです。ときにはそれを、おなじ速力でもって追ってくるものがあります。息をする暇もない空中戦でした。

こんなことを思いました。むかし、ずっとむかし、ある種の恐竜同士は殺し合いをしたにちがいない。小さな型のものは、どうしても不利だから逃げのわざを磨いた。水に潜る、あるものは跳ねる。やがて飛び跳ね、飛びあがれるものがあらわれた。わたくしの前身は、もしかしたら弱い恐竜だったのかもしれない。長い眠りののち、ふたたび地上に出てきて、もうすっかり、そのことを忘れ去ってしまって、それでも逃げまどった記憶だけが意識下に生きつづけていて、それでそんな夢を見るのかもしれないと…。

そして、それは、なおも夢想へとわたくしを誘うのでした。少年の頃いっとき、周囲から化かされて日々を送っているのではないかと感じたことがありました。自分だけが人間で周囲のひとたちは何かが化けているのではないか。自分の苦しみ悩む事柄が、ほかのひとには、とるに足りないもの、かれらはおのれの死をさえ、化かしてしまっているにちがいない。そうでもなければ、とてもあんなふうに平然と暮らしてゆけるはずがない、とまじめに考えたのでした。

そういったことと直接的には関係ないと思いますが、幼稚園に通っていた頃、ほのぼのとした、ひとつの思い出があります。園からもらって帰った絵本の中で、白いエプロンをしたおかあさんが、あたたかそうな湯気のたつナベを明るい笑顔で見つめている絵と「みみずも、かえるも、ゆげも、はとも、そらのくももも、みんなみんなおんなじ」というふうな文章に出会ったことでした。それが、ぼんやりと網膜に残っています。でもそれ以上のことは思い浮かびません。ほんものは美しい詩であったと思います。あいまいな記憶をもとにしてのうけとめ方ですが、すべての「もの」は「みんな」おなじという「小さな宇宙観」は、幼児の思いの根底に沈殿して消えることなく影響しつづけていたように思います。

半分は自ら、つくったともいえそうな、そういった背景をもって歩んでいた少年期の終わり頃、ふたつの現実の死に遭遇しました。

ひとつは数少ない親友のそれでした。

身近な、それも同年齢を襲った突然の生の終止。友には、そのとき何の用意もなかったでしょう。その時期に備えがあるとしたら、それは、これからを生きるうえでの「～理想は高く、希望はたくましくあれ〈中学の頃の本人のことばから〉的な、将来を夢見た設計図」であったはず、まったく逆の旅立ちなど予期していたわけはありません。それでもなお、わずかでも、その死に救いらしいものを見つけだそうとするなら、日常でのかれのふるまいだったでしょうか。気品とでもいったらいいのか、整った容姿にも恵まれていた友は、とても傍の真似のできない、何ものかへの毅然とした姿勢をつらぬきとおしていたことでした。

わたくしはといえば、手の触れられるようなところで、親しい人間の死に接していながら、それまで苦悶させられていた「死に対する恐怖心」に直撃されることはありませんでした。胸中は吹きすさぶことがなく死が実感できなかったのです。このことは友への不実さに由来するのではないかと、しばらく思い悩みました。そのあとほどなくして、もうひとつの身近な死が訪れました。小学二年になったばかりの弟が逝きました。人間が死んで、さめざめ泣いたのは、これが、はじめてでした〈わたくしが家族と離れていた時期・急遽帰省〉〈妹・女学生・も…人格がかわるくらいに嘆き悲しみました…〉〈春は再び来れども帰らぬひとの名は悲し　呼べど届かぬ雲の白流れて消えず永久の果て〉

そして、これが「最後の涙」になると思われました。人生で流すべき涙を、このときすべて流しつくしてしまった感があります。あとは曲がりなりにも何かを掴んだのでしょうか。

「死に対する恐怖心」を克服しえたかと思われる画期的なできごとがありました。青年期のはじめ頃、夢の中か、朝めざめてからか、ちらっと感じるものがありました。西欧の大詩人の「ファスト」を読みはじめて眠りについた翌未明、何かが、わき出てくるのを感じました。すると、その瞬間、あの忌まわしい「死に対する恐怖心」が静々と消え失せて、あたらしい何かが脈動しはじめたのをおぼえたのです。一種の幻覚症状なのでしょうか、こころの中身がするすると入れかわりをおこなったような、妙な感触でした。そのままを信じてしまっていいのだろうか、おそるおそる自問しました。そしてそこに崩れ去りそうな気配のないことを感じとりました。

　多くの困難と闘いながら真理を追究する天体規模の舞台装置。この作品を十分に理解したうえでの影響ではない、ということは自覚していました。それは理解などというものではない。もっと漠然とした霧に包まれた状況の中での、かすかな手触りていどのものなのにちがいない。が内面の充実の一段階としてこれを信じたいと願ったのです。

　それは独創的に、これまでにない、まったくあたらしい内面世界を創造しえたというようなことではないでしょう。詩人のおおらかな掌の中で「孫悟空」のように弄ばれているのかもしれないのですが、かつてない「実在」感をおぼえました。

それから、また歳月が流れました。以前のような「恐怖心」ではない、もう少し漠としたものなのですが、あれだけで問題は終わっていないのではないか、という思いが執念ぶかく残存しているのを感じたのです。そんなとき、いつも浮上するのが「信教」なのです。それまでにも「信教」に、自分のほうから近づき、あるときは相手側からも手をさしのべられもしましたが、すなおに導かれてゆくことができませんでした。それは、その教えが疑わしいとか信じられないとかのまえに、完成されたもの、安全度の高いものへの拒絶反応的なものが頑ななまでに、はたらいてしまうせいではないか。もしかしたら導かれた道をゆくほうが、はるかに安易で近道なのかもしれない。それどころか正しいのは教えられた道であって自分の歩もうと思っている道は、誤りなのかもしれないのです。がそれでも手さぐりの方法はかえようとしなかったのです。

ほとんど生涯をとおしてともいえるが、つよく感じだした初期の頃の「死に対する恐怖心」。それを克服するために、あるときから「作業」が開始されています。しかし、長い間、両者は結びつかなかった。自分の思いをどのように「表出」すればいいのかわからなかったのでしょう…それはいまでもかわりないのですが…。

わたくしにとって、「いのちは永遠」でなければならなかった。それを裏づけするための「知識」であった。ふつうの「勉学」では核心がずれる…何のために、そういうことを学ばなければならないのか…、そして「信教」による「教え」〈偉すぎる目線、と感じた…〉では、抵抗が生じる。知らぬ間に「思考停止」状態に陥ってしまう。そんなこともあって、わたくしには正規の学ぶという姿勢が、その初期段階から曖昧でした。

のち多少の「機会・時期」はあったが、ことごとく無効にしてしまった。

わたくしに不幸があったとすれば「勉学・知識」を習得しなければならなかった直ぐまえに、死に対する恐怖心があまりにもつよく立ち塞がっていたことではないでしょうか。少なくとも、わたくしのちからでは払いのけられなかった壁…。

その学ぶ姿勢の欠如はいまもかわらない。「傲慢な自我」がある。残された方法は、自分の拙い「習得」範囲内での「苦吟・愚見」であった。わき目もふらず、ある方向だけを注視しつづけた。

とはいっても、まず生活があった。労働があった。わたくしの「放浪・山行き」は、労働と労働との合間での行為であった。

事情があって、十代半ば家族と離れて四年弱、暮らした。それを抜け出し、それからの約十年は、反動としての「放逸・彷徨」であった。「…身近にあったひと・触れ合ったひとたち」への「無礼、失言」「申しわけなさ…感謝…」。

しかし、それがあったうえでの「迷妄迷走」だったからこそ生きつづけられたのかもしれません。

本人にとっては意義のあるものであったかもしれない、そんな「社会、底辺」での自分のことしか考えられない…「混迷の生活」状態。それを他に押しつけたりしないまでも、半生を共にした生活者にとっては、間欠的にではあっても沈殿した重苦しい日々であったのではないでしょうか。

# 幕間

自殺を人生の生き方のひとつという思いは抱いています。しかし自殺を選択するにはそれなりの「背景・準備」が必要とも考えます。そこに『自殺免許制度』というのを提案します。前提として自殺についての「教科・講習」「でんわ・つづりかた」を小学頃からおこなう。

人間は自分の「思考・意思」〈だけ〉で生まれ出たものではありません。「他の力」によって生じたものが自分〈だけ〉の判断でそれを行使してもいいものかどうか「対話・議論」するわけです…。

〈人生には自殺するだけの「意味・価値」があるのかどうかをも含めて…〉

《クローズアップ現代ＮＨＫ　教育現場・公立学校の実情》

先生の絶対的不足・忙し過ぎる・なり手がいない絶望的状態…50年前の法律

〈〈教育機関への公的財政支出２０２１年ＯＥＣＤ報告書より…日本はドイツ・ギリシャ・

メキシコなどに次ぐが、メキシコは世界30位〉〉
長時間労働・残業代が出ない仕組みになっている・産休などで代わりを探してもいない。ここ十年で教員数は4万4千人減少。「必要なのだが」『雑用』のような仕事が「放課後」に『殺到』する。
［教員免許更新制、7月廃止改正法可決・来年度から新研修・朝日新聞22・5・12］
生徒への配慮より先生の救出が先

それとはべつの問題ですが、自分自身の「かたちのうえ」での「最終処理方法」として『散骨・散灰』というのはどうでしょう。

墓地の場所もとりませんし衛生的な「自然への還元・魚たちへのささやかな謝罪…」。

これを地球に還る、あるいは「永遠の躍動の場」への「返り咲き」としてもいい。ごぞんじのように少数ながらすでに存在しています。

# ♪間奏曲――幼いトカゲ

小さな堀川の向こう岸　さほど高くない黄緑の草が
狭い範囲で　ゆれています
風の通り道…それとも何かのいたずら…
この小道からの距離は三メートルくらい
脚をとめ　岸辺の草地〈道端のせいか一様に低い〉近くまで寄って
目を凝らす…うごきに活力が感じられる…
どうやら小さな生きものが　じゃれているようです
…生まれて間のない　草色のトカゲ…まったく同色
それに　いままで　こんな小さなのは見たことがない
幼くて　いかにも生まれ出たことが　うれしくて
うれしくて　じっとしていられない　といったふう
まえ脚は　全体のうごきが素早いので

見きわめきれませんが　すらりとした尾は
つややかで　たくましい
尾から追えば　瞬時　うしろ脚が見えてきます
とにかく生まれ出て　こうして生を満喫できる
そのことがうれしくて　のぼっては　ずっこけ
すぐにまた挑む　そのくりかえしは
永遠につづくかに見えました

あとで　もういちど眺めてみようと
いつものように公園の少し奥まったところで
軽い体操をしてから　そこに戻ってみました
うっかりして四　五歩ゆき過ぎてしまう…
中年の男性が立ったまま被写体から身を隠すように
カメラをもつほうの片腕をのばし
堀の中の何かと懸命に対している…

狭いし　さほど深くない堀だから
もうほとんど　直視的撮影か
うしろから　こちらも　右方に視線をむけてみる
いま流れは　とまっていて　量も多くないはず　けれど
ときどき気まぐれに　どっと増水することがある…
…いた…やや薄茶がかったサギが一羽
堀の中をゆったりと着実にからだをはこんでくる
頭がわずかに　こちら側の草の高さから出る…

おそらく　人間が危害を加えないことを
少しずつ学習したのでしょう
この公園には　白色の小サギが多い
釣りするひとたちにはなれている
それに比べ大型の　この色のものはあまりいません…
アオサギというのか…間近で見ると　ずっしりと　量感がある

この春　大きい池の端で小サギ数羽に距離をおいて
風景の中の　置物のように佇んでいた

それを　幾度か見かけました　つぎは
夏のはじめで　もう少し人間に近づいてきていて
まだ水のない　小さいほうの花菖蒲田圃の近くで
飄然と一羽　立ち　ふと気づいたかのように
ときどき歩んでいた…そこで　こちらは
かれを　なるべく刺激しないように
距離を縮めようとするのですが
さりげなく　居所をかえられてしまう

それがいま　これほど迫られても「頓着せず」…
といった風情なのです
それどころか　かれのほうからも接近してきます

ほどなく　撮影者は立ち去りました
そのひとを真似て中央にむけ　わたくしは
腰を落として　にじりよってみる
とまどう気配はない　歩みをつづけている…
確かに　かれだ　ものしずかに間合いは詰められ
このままでは　通過されてしまう…
こちらも左へ　這うように　わずかずつ移行する
わたくしからは　かれの右面は見られない　すぐ目のまえ
どこに狙いをつけているのか…人間の呼吸音は
捉えているだろう　軽いめまいのような感触…を覚える…
ただ見ているだけだから…と祈るように発信する

いま水は浅いが　長い脚の半分ほどは水の中…
これ以上深くなると腹部が濡れてしまいそう
…おたまじゃくしが　それに　うしろ脚の出たのも

かえるになったのも　いたはずなのに…強敵
到来とばかり水底に　姿を隠してしまったらしい

かれの本体は微動もしない　脚の確かな　はこびと
首をくねらせたり　のばしたりしながらの
にごりやすい水底の　何か獲物を捕らえるという
作業がつづく…それは左右の　小さな崖の横並びの
土止め板の　裾辺にまでもおよぶ
そればかりではなく
板を押える丸太杭の陰にも　ふいにむけられる
しかも斜めうしろ　水から離れた乾いた部分にも…
すべてが見えているのだろう
無音　沈着な歩行…こわいくらい…
ときには空ぶりもあるらしい　が
獲物を捕らえたときには首をのばし

正面を見すえるようにして　先端は楕円がかった
黄いろっぽい長い嘴をほんの少しあけ
ヨコ向きに咥えている獲物を　嘴にそって
タテに直す　そのさい微かにパクッと音がする
そして　のどにおくる…

…とそのときでした
のびたままの首が急に　ヨコに振り向けられた
水面ではなく　上方　向こうの草地に狙いは　つけられていた
首は正面にむき直った
咥えた獲物を　嘴の先でタテに直し
呑みこんだ…その瞬間　獲物のすがたが見えた
透きとおるような黄緑がうごいた
尾がのたうち　うしろ脚が空を蹴っていました

# 第二部　長い追伸

# 一章　『空・無』へのあこがれ

その頃には多分　ただひとりで
歩んでいるだろうあなたに　このことだけは
まとめておきたいと思いました
ほんとうは自分「自身」のためなのですが
役に立たないですすめば　それはそれでいいのです

わたくしのわるいくせは
いろんなことに「疑念」を　さし挟むことでした
そのひとつに「生のあとのこと」がありました
「うごかない・目に見えなくなる」から「無…」
このことに「幼い頃」絶望感をおぼえ
それからは何ごとに当たっても　むなしさが

つきまとうようになりました
けれども時間の経過の中で
ひそかに抵抗しつづけてもいました
「無く」なるなんて何かのまちがいではないか
もしかしたら騙されているのかもしれない
かつて精子として卵巣につきすすんでいるとき
のちの形態の変化をだれが予測できたろう

「無」になることを完璧に
立証できるのだろうか
『炭酸ガスを吸って生き　酸素が有毒であった』過去を
人間は「祖先・生物」に
もっているという
「生のあとの世界」にも　どんな逆転劇が
用意されているか　はかりしれないのでは…

心眼の力量不足による読み落とし
ということだってあるかもしれない

一方この現実こそがすべてであり
「救い」も「天国」も日常の中にある
そして「地獄」も

そのことに何の違和感もなく
平常心で生きられるばあい
「生のあとのこと」など問題にならない
「信教・救い」なども求める必要はない
人間の力のおよぶ範囲で
いまという時を大切に　存分に生きれば
おのずから「いのち」は燃え　生涯は充溢する
つかの間の活性化運動ではあるけれど

それで生まれ出た「役割・意味」は果されるのでは…
それ以上に何があるだろう　もしあるとしたら
適当に「気」をぬくことくらいでしょうか
気をぬいた時間のほうが　わたくしのばあい
はるかに多かったわけですが

そういった「生き方・考え方」もある
わずかだが　これは　自分の中にもあります
しかしそのようには生きてこなかった
それは選ぶ対象というより　最初から
そんなふうに仕くまれていたのかもしれません

話は急に　かわりますが
わたくしは　よわい「色盲」です
むかし　小学校では「色盲・色覚」の検査が

多勢の前でおこなわれ　恥ずかしい思いをしましたが
日常　ほとんど支障はありません
「色盲」は自分では制御できません
恥ずかしいといえば…もうひとつ　よりつよく…
戦時中のことであり体育も身体検査も　男子は上半身　裸になる
その頃の　わたくしは　ひどい「漏斗胸」だったので…

「色盲」と「信教」問題とを同列におくのは
無茶かもしれませんが
人間には　いくつかの「種類」が
たとえば　ほかにも
「血液型・指紋」などのように

あらかじめ定まっているのではないでしょうか
自分の「型式」に適した歩みを

選びなさいというかのように

それでも適切な道程が定まらず
迷い　しかも単独では生きにくいとき
それならば面倒な手順は踏まないで
いずれかの「信教」に
身をゆだねてみたら　どうか
どうにか対処できるかもしれない…
しかし「教え」への選択肢がありすぎて
迷ってしまったら…
そういう生が用意されていたばあい
いたずらに翻弄されるおそれがあります
わたくしはその「類」なので
大分の時間をそこに費しました

しかしそんな情態にはあっても
共鳴したくなるようなものが
なかったわけではありません
形態がかわるだけで
『無にかえる死はなくつぎの段階にすすむ』
『人間が真に欲するならば現在の生の
あとにくる世界を思いどおり念じたままに
展開させることができる』
『生のあとにあるのは変化であって終焉ではない』
など「生のあとの世界」を説く慈悲に満ちた
「教説」を千年以上もの　むかしから
幾人もの「信教」家は説いています

それをそのまま　うけとめようとする気持ちと
それは　民衆を救うための「方便」にすぎない

とする思いとが　わたくしの中で
長い間「隣接、背反」していました

「生のあとのこと」は人間にとって
古来からの関心事であったにちがいない
「信教・仏教」のもとになった「教え」で
『現世は無常　各自修行せよ』と示された
そこに「専門化・修行僧・上座部仏教」が生まれた
のちに「大衆の救済」も考えに入れた
「信教大乗仏教」が順次　誕生していく
これが仏教の世界を二分していた
そこから　なおも長年月をかけ「止揚・融合」が
くりかえされ　のちの代へと
伝達されてきたのでしょう
それとは　べつに　これも大雑把に捉えて

「信教」を二分するものとして
宇宙発生に「創造主」の存在を説く
「信教・神・仏」があります
たとえば「密教・聖書」の世界
これについては　まえに少し触れたので
ここからは「信教全般・仏」などの片ペンに
目をむけてみます
この「タテ・ヨコ」ともいえる
ふたつの「二分」は明瞭な構図です

「信教」思想には　こういう二大前提があり
そこからあとは　すらすらと育っていっても
いいと思うのですが　そういうわけにいかず
その上に　いくつもの宗派が派生します
そこに分派が生ずるということは

「教え」に個々人が何かを加味するからか
それとも時代が何かを要求するからなのか
いずれにしてもその「根底・背景」には
人間がいるわけです…伸展と迷妄と…

そのへんが迷いどころ…
…そのままでは人生終了までに
「さし障り・混迷」が生じてしまうおそれが
あります　それは
「微かな不安・避けられない大不安感」
であったりします

そういった事態をよりよく収束するための
「なにか」が必要になってくる
それへの　ひとつの方法として

こころを『空・無』にする訓練を
ときおり自分にむけて発信するのが
望ましく思えてきたのです

その『空・無・こころの静止』のところに
「理想」像を描こうというもの
これは「信教」の世界に「準じ・応える」
ことにもなります

すぐれた資質の持ち主が
いっそうの研鑽を重ねても
なお到達するのがむつかしい境地
凡庸な「一般人」が安易にそれを
「こころみ」ようとしているわけです
思いどおりに　いかないのは当然

それでも　なお無茶してみます

『空・無』のつぎ「理想」像に
「なに」をもってくるかはあとにして
まず　こころを『空・無』にする　訓練しだいで
かたちだけでも「類・同」にならないか…
いきなりそこに座り直して瞑想に耽るのも
ひとつの方法かもしれませんが
騒音や雑念がじゃまをしてむつかしい…
問題としている
「微かな不安・避けられない大不安感」は
わたくしにとって　避けてとおれない
ものでした　あるときそれが
薄れてしまっているように思えたのです
それが　そのままになっていたので

確かめる意味もありました

そのことをまじえ
社会の底辺を歩んできたひとりの人間の
ひろい集めた「知」の断片を
ひとりよがりにかみ砕き
脈絡もなくつづってみます

# 二章　公園『空・無』に挑戦

近くに　ちょっとした公園があります
樹林　並木　ゆるやかな丘陵　草原
…少し離れて…園の西端辺《はしべ》に
ときどき姿を見せるというキサラギ　の里…
…その　ぐるり反対端には　水辺散策池など…

…そして　それらを擁護するかのように…
下方の岩に飛沫をあげる　板状の滝　水の序曲
…その辺りが正面（公園玄関）付近…でしょうか

そういった諸々の陸地との境に　線をひいて
園の広がりの何ほどかは　かつての農地用の貯水池が

変形した楕円のつらなりのように残され
それは小さな湖のように…ところによっては　さざ波に水鳥が浮かび
おだやかな川のようにも感じられる…
関東平野の一端にある　この地方
池水が県境になっていて　向こう岸側の公園を散歩する人影…
左へと淵に沿ってゆくと　水面は右方へと　三日月形に延びている…
…進むと　岸辺からしばらく小道は離れるところもありますが…
この辺り　遮蔽物があり「のぞき窓的な箇所がある」野鳥保護区域
…小道を　そのままゆくと・「水面がふたたび」・対岸がやや接近していて
狭まった面を　時期には群生した「ハスの大輪の白」が埋め尽くす
…〈さきほど通過した〉野鳥保護区域の別世界が右手に…「そこで　ぐるり反転して」
…いま来た小道を　広い水面の方へと　戻るようにしながら…何カ所かある…
ひらけたところで「日の出」の　まぶしさに対してみます
といっても　ごぞんじのように
はじまりには　まぶしさはない

「朝の日」は　できれば冬の頃がいい…ときには　まるで
つくりもののような　大きな赤味をおびた円形
それを反映して水面が　かがやきはじめる
その小刻みな　ひとつひとつの波に陽光が宿り
帯状の面になって向こう岸から　すぐ足もとまで
さし招くように「反射・波動」する
ほかのものが見えにくくなる
個が消えて　光の帯に同化してしまいそう
意識がぼんやりしてくる
じっと見つめたままで…
光にとけこんでそのまま
…波のひとつみたいになって…

寒冷の早朝の　まあたらしい　微かな暖気が

薄氷化した着衣の表面に　きらびやかな光とは
べつの　もののように付着する
水辺に立っている
遠い日にも　こんなことがあった
そんな気がしてくる

水辺を離れて木々の間に入り
「昇った日」と対することもあります
葉とか梢が　直射光線をほどよく遮り
水面のときの　点と面の
キラキラした　まぶしさがやわらぎ
放射状の無数の長短の線に変化する　それは
光を内包した　細やかな金の点で構成されている
曲線直線的なもの　まるで人工的につくりだされた
細緻な文様…そして　それを包むように…一瞬として

静止しない　微かで　あでやかな広がり…
赤と　金色と　緑と　青と…
正確な色彩は…残念ながら
わたくしにはわからない

そのかがやきの「波動」が見る間に「一枚の絵」
西欧の「炎の画家」の作品へと連動していく
こうしていると「絵」の　あのきらめきが
誇張でも何でもないものに思えてくる
いま　虚と実の世界が綯《な》いまぜになって
妙なる「狭間・空間」を演出する
ここにも光がある
降りそそぐ光がある

『空・無・こころの静止』とは

何も考えない状態ですが　その過程で
「造形」の美　「自然」のある瞬時の美しさ　に
見とれることも許されてあるものならば
これは「理想」像への第一段階といえます
これをおしすすめることができれば
「信教」の世界でいう
『無心定』になるでしょう
「信教・ある教え」では
『修行に没頭した状態』を
『無心定』と呼びます
『無心定』には　ふたつあって
『修行僧・「完璧」・滅尽定』と
『一般人・「こころみ」・無想定』です
「こころみ」も「完璧」に　つうじるはずです
ただ『仏門・僧侶』の回想に

『無心定』には『仏門・正師の
指導が必要ではないか』という声もあります

『こころがまったく静止して止滅の状態になる
その寸前に心臓が激動するおそれがあり
ときにはキケンを伴う』

第一段階を『止・奢摩他』「(しゃまた)〈Samatha〉」
第二段階を『観・毘鉢舎那』(びぱしゃな)〈Vipasyana〉」と訳して
このふたつを同時におこなうのを『雙運』と
呼ぶそうです
このような『無想定・「こころみ」』が
一般人に手軽に　できるものなのか　と
微かに　ゆれる思いはあります

## 三章　擬似『空・無』

『無心定』への接近
けれども　これでは擬似世界での遊泳
ひとりよがりな夢想の「境地・分岐点」に
すぎないのではないかという思い…
そして　それが『空・無』に迫っていたとしても
真底で「なにもの」かを信じようとするとき
そうなるのか
信じるこころは　べつになくても
こころを『空・無』にすることができるのか
「理想像・あるもの」は　必然的に
そこに　あらわれるのでしょうか
「訓練・準備」もなしに近づけて

獲得できるもの　それが
ほんものであるとして　その識別の方法は—
しかも自分のばあい　そこには
二重枷が用意されていて
救いを信じ自分だけが過去を「切り離して」
それを求めることの
「ずうずうしさ・虫のよさ」的な後ろめたさが…
その背景には歴然とした
おのれの「ざんげ」対象があります
短くなかった　これまでの日々
そのときどきに触れ合った　ひとたちとのこと…
許しを請う　そこに許しがたい甘えを感じる
自分だけが有利に導かれるようなことがあったら
そんなことがあったら　それこそ耐えがたい
という不公平感的「ざんげ」心

自分に関しては安易な前進は
さしひかえなくては　ならない
「光」を見いだせる直前で立ちどまり
可能性を追うだけに　とどめる
しかしそのことさえ
「不純・計算」とまで　いかないまでも
意識下の思惑にうごかされていないと
「言いきれる」だろうか…という「疑念」

それでもなお執着する
できれば寸前まで　いってみたい
しかし　のり超える最期の力は
失速させなければならない…
これのくりかえし　もしかしたら　それが
無言で自分に　はたらきかけている

「意欲・邪念」の正体なのかもしれません

そういったことも含め
この問題には　てこずりました
そこで　やむをえず　あるときから
「それなり」に歩むことにしました
「ぼんやり・まどい」は　そのままに
その道をゆけば　それでいい
曲がりなりにも　そうしてからは
生きるのが少し楽になりました
かなり老いてからでした
あたまの　はたらかないのを恥じても
追いつかない　自分で選んだものでもない
しかし「あやまち」は背負いつづける

## 四章　朽ちかけた木への問い

ときどき公園へ画用紙をもってゆきます
わたくしの絵には自信に満ちた
しっかりとした線は一本もありません
あいまいで遠慮がちな　か細い線の集合
はじめは　はずかしくて　びくびくしながら
カレンダーの裏面に縮こまった線をひいていた
それが　だんだんと図々しくなっていく
散歩している　ひとのことも
あまり気にならなくなりました
だれも覗いたりしない

幼年時の絵日記のことが　ふと思い浮かんだ

大きい画用紙に描いた
ほんの一握りの小さな絵
そのうちの一枚だけが
鮮明に記憶にあります
もしかしたら　それ一枚だけで　あとは
つづかなかったのかもしれません

長い年月が　そこにはありますが
不確かさに　かわりはない
ただ図柄だけは大きくなった
その分　人間のほうは呆けた

毎回　おなじように
「木・幹」ばかり描いています
わたくしにには華やかなものは

表現できそうにありません
一見　変化を見せない無骨な老木の幹
しかも中腹に　ぽっかり空洞をもつものも…

すでに休息をきめてしまったのでしょうか
養分を吸いあげる力も　ままならぬふう
部分的に「樹脂・コンクリート」状のもので
補修され　上方は切り払われつつある
老いて倒れる刻を待つ　その姿こそ
自分には　ふさわしい
そんな木が幾本かあって
それをかわるがわる描いています
すんなりした木には　ひきつけられない
絵になりません
絵になっているか　どうかはべつ

しかも「生意気・無力」にも描く角度があって
それをはずれると　さまにならなくなる
どうしてうまく描けないのか
ときには木に問いかけてみます
手のひらで　触りながらお願いしてみる

それにしても絵を描くことが周囲のひとに
かくべつ迷惑をおよぼしているわけでもない
多少は散策の目障りになるかもしれませんが
そのていどの妨げは許されるのではないか
自分で勝手に　そう決めてしまう
残りの人生これでいくしかない
描いているとき
いかに朽ちかけては　いても木は木　老いた
人間であるわたくしが地上を去るほうが

先なのにちがいない
そのあと　どれくらい立っているだろう…
そんなふうに思っていたのに
描きはじめて　まだ数年なのに
三本も伐採されてしまった

# 五章　酒酔い

「ぼんやり」は
軽く「酒に酔った」のとも似ています
「ぼんやり・夢見る」ように
生きてきたわたくしの人生

「ねむり」の中に見るのが　ふつうの「夢」
「さめ」れば　たわいない
「夢」であったことがわかります
「夢」を見ている最中　それは「現実」そのもの
にっちもさっちも　いかない　複雑な状況に
追いこまれることもある
『夢の中で見る対象が実在しないことを、

いまだ目ざめていない人は悟らない』
と　信教のひとはいう

目が「さめ」て　ひたいのあたりを
拭いたくなるようなこともある
「さめ」て　救われたことに安堵します
もしも自在に「夢」から「さめ」る
あるいは「夢」の中にあることが
わかっていたら苦労はないはず
夢をコントロールできる学問があるという
コントロールされた夢は　そのときの夢を含めて
その人間に　そのあとも　どこまでも
影響しつづけるのだろうか…加工品として

# 六章　夢目ざめ

この「現実」も『目ざめ』た目で見れば
何のことはない
一種の『夢』であるというのです
『「実在」していると思われる「諸物」は
「夢」見ている「自分の中」に潜在する
「こころのひだ」の作用』という
「たましい・霊」とも　少し異なる
『こころのひだ・いきおい・業・種子』の
見せている『仮想・現実』

それは『業・種子』
そこに『過去』が

『潜在・蔵』されているという
『過去世から現在に到るまでの
あらゆる経験が
あとに遺した余力が
潜在意識として貯蔵されている』という
「からだ・物質」はあとからの
『借りもの・仮宿』
こころを『空・無』にするとは
その世界を
「観る・透視」する「前提」なのでしょう

『空・無・こころの静止』は
本格的に　それがおこなわれたならば
「肉体」と「こころ」が分離されてしまいそう
ですが離ればなれにならないという

その奥に『識』というものがあって
「いのち・平衡」は保たれているという
『業・種子』は目には見えません
わかりやすくした表現
『識』は『業・種子』の『本質』を
さしていると

考える自分を　すて去れたとき
そこにあらわれるもの
わたくしのばあい　あたまでの理解ですから
到底　そこまでは到れません

# 七章　引用　文学作品など

西欧の大詩人による「ファウスト」
かつて　この天体規模の真理の追究に
出会ったとき　青年期のはじめ
「無辺の空間」が「天蓋・永遠」に覆われ
わたくしのすべては
そこに包み含まれました
幼少時からの「漠たる不安感」が
霧散したように感じました

それでいて　いつの間にか
その足もとには　ある潮流が寄せていました
『人類それ自身が一つの段階、普遍なものや生成するもの…

のうちにおける一時代であるにすぎないのではないか…
ということを、われわれは確かに殆ど知らないのではないか？
…この永遠の生成にはけっして終末がないのか』〈ニーチェ〉
そしてなおもいう　すこぶる大きな「周期」で
かぎりなく　それは『回帰』しているのでは…と
これは自分の幼い「思いの世界」を
無条件では安全地帯におかない「阻止・侵食」
するものとして　そのときは映りました
しかし　のちに　このあとを「信教・仏教」的考察へと
つづけてしまってもいいのではないかとも…

その歩行途中
『人間は、自分の生が一つの波でなく、永久運動であることを、
永久運動が一つの波の高まりとして、この生となって発現したに過ぎぬことを、
理解したとき初めて、自分の不死を信じるのである。―死とは迷信であり、

人々の生命はこの世ではおわらない』〈トルストイ〉
これは「信教・仏教」にそのまま
合致するものではないのだろうか―
これに伴走して融合をはかりました

しかし　またしても突風が吹きます
『人間が生きてゆく根源はけっして知ではない。理ではない、反省ではない、むしろ盲目的な意志である。知や反省は単なる案内人だ、われわれは生きなければならないから生きるのであって、そこに理屈があるのではない。意志こそは人間の本質だと考えられる』
〈ショーペンハウエル〉
この『盲目的な意志』は
『厭世』へと傾くのでした　近頃になって
そのつづきを思います『厭世』に逆行して単純に
『こころのひだ・業・種子』的な方向に
『盲目的な意志』を「自我、調整」したら

どうだったろうか
『真の諦観は、自分が世界現象の推移に従属していることを感じた人間が、彼の存在の外面を形づくっている運命から脱却して、内的自由への道を獲得することにある。私は厭世家か、楽天家かと聞かれたなら、私の認識は厭世的だが、私の意欲と希望は楽天的であると答える』〈シュバイツァー〉

『生は問いであり、死は答えである』〈リカルド・フッフ・谷川徹三〉
『生きることは修行』〈谷川〉という

『して見ると、ソクラテス、プラトン、カントがそれを理性にとって許容し得る是認し得るものにしたからと云って、不死性は信仰の対象に過ぎない。私はというと、任意的不死性に傾いている。死後も生存したいという熱烈な欲求があれば生存することになろうし、絶滅に帰したいという熱烈な欲求があればそれも同様に叶へられるであろう。悪人の永遠性は考へるのも厭なことであり、善人の絶滅は過失であるやうに見える』〈アミエル・六ｐ１２８〉

『捜し求めるもの（神）の「裏側」に出てしまったのではないか…』〈リルケ〉

作品の一節に　確か　このような　ことばがあったと思います
…自分では　超鈍行ではあっても　少しずつ
歩をすすめているように思っているけれど　実は
それは「願望・錯誤」にすぎない…
まったく「後ろ向き」なのではないか…
という思いが唐突に…

まこと「仏」が存するならば
どんな「生き身・天体」も　すべて
「吸収」するにちがいない
「仏の慈悲」は人間の知恵の
およぶものではないにちがいない

# 八章　回想　戦争のことなど

遠く少年の日がありました
戦争があり　長兄は「予科練」志願出征…
…いつからか「報道は歪曲」され「公共放送も束縛」状態
戦線各地は敗北を重ね…やがて　国内も「避難と空爆」…
あげくの果て「悲惨の中の悲惨・原爆…二か所に」投下され
焼けただれ無残にも「日本の国は敗れた」のであった

少年の地方は　北や西方などに山々が　比較的近く見える小さな町だったが
敗戦直前の「空襲・爆撃」で街中は「焼失・破壊」され
校舎の一部に軍隊が駐屯していた　郊外の飛行機関連工場も被爆
それより少しまえのこと　スパイ騒動があった…
ただこれは　子どもだけの騒ぎ…

朝の登校のとき「学校」の正門わき東側道路を南から北へと
ひとりの男が足早に歩いていた　背は格別高くない
白いマスク　尖がった鼻　手帳になにか　歩きながら書きこんでいた…
「スパイだ」と小声で　口ぐちにいいながら　東の脇門まで
小学生たちは男を追った　なぜか　その男の右横顔が…いまでも―

「敵国は鬼畜　落下傘で降りてきたとき　竹やりで突き殺せ」その訓練が
二学年上から　校庭で　はじめられていた「男は子どもでも　みんな殺される」
そのまえに敵を殺すのだ…子どもたちの間でも真顔で囁かれた…
戦争の　お終いの頃は　正午近く「九十九里が浜」に
「敵機・B29・襲来」「警戒警報」が発令され
「防空頭巾」を被って　日課のように集団下校
ある日　遠くの空に　B29が飛んだ
どこかの地方への爆撃だ　日本のどこかで高射砲が発射された
上空で炸裂する　しかし高度が違う　とどかない　まるでムダではないか

「それでも　撃たなければ　ならないんだ」
すぐ脇に立って　空を眺めていた　おとなが言った

月曜日の朝・校庭（奉安殿？）に奉納されている「教育勅語」が「校長先生」によって「朗読」された。立って居られなくなる生徒が、必ずといっていいくらい出た。…小学生にも「教育勅語」は暗唱できなければならないとされた。勉強嫌いで、あたまのよくないわたくしも〈朕思うに　我がこうそ皇宗　国をはじむること　こうえんに　とくをたつること・しんこうなり・わが臣民…よく忠に…よく孝に・おくちょうこころをいつにして…よよ…そのびをなせるは…わがこくたいの…教育の…〉のことばの響きがかすかに消えずにある…。

それより少しまえ、住んでいる家が空襲を受けるまでは「神棚」「仏壇」を習慣的に礼拝していた。その幼い動きを映像化して思い浮かべることができる…。「町の神社」の『清掃』を、いく朝か、町会の少年団で行なったときのこと…。食べものも「制約」されているなか「紅茶」をもらった…。よろこび勇んで家に持ち帰ったが「そのままでは飲めない」のだという…小学3・4年だったか…もうその頃には「砂糖の配給」はなくなっていた…。

「駄菓子の配給」でも最後のほうで、わたくしには失敗がある。妹のと二人分をもらいにいったとき「キャラメル上げようか」と店のおばさんにいわれ、てっきり「お駄賃に」だと思い遠慮して「いいです」といってしまった…。帰ったら母に叱られた…。母に連れられ、ふたたび店頭に（バラでひとり4・5粒だったか）。母は激しく抗議したが「いいです」といってしまったわたくしに非があった…。結局、幼い妹にそのときキャラメルを食べさせてやれなかった…。

おとなたちの「町会の防災訓練」が夜間におこなわれた。両親が駆り出されていた。家には妹と二人だけ…。もうその頃には「繊維関係」の工場は閉鎖されていた。大勢いたひとたちは誰もいない（男のひとは軍隊・徴用にとられていたのではないか）。だだっ広く森閑としていた…。

工場も住いも繋がっていた（姉は横須賀海軍工廠・長兄は軍隊・次兄は都会の通信学校）。その広がり・空間はほとんど暗闇だった。留守番のところには、はだか電球が一個、それも黒っぽい布で半分以上、覆われていた…。怖くて家には居られなくなり、妹とふたり、ほとんど明りのない狭い道をつたわり、おとなたちの「訓練」を電柱の陰に隠れるようにして、終わる寸前まで見ていた。終わった瞬間、ふたりとも、すっ飛ぶように家に戻った…。ふたりのヒミツだった…。


『米国の求める中国大陸からの撤兵を拒み、むしろ打開策として戦争を拡大した。米国との圧倒的な国力の差を認識しながらも、無謀な賭けに走った』…大不況だったという…

『戦争は起こるべくして起こった。満州国（中国内）に国は活路を見出そうとした』

『歌人の宮柊二は、日中戦争さなかの「1939年に」一兵士として山西省に赴いた。戦地での体験を作品に残している。

「あかつきの風白みくる丘陰に命絶えゆく友を囲みたり」

戦友の最期をみとった歌だろう。

目をそむけたくなる戦闘の描写もある。

「ひきよせて寄り添ふごとく刺ししかば声も立てなくくづをれて伏す」

宮が大陸に渡った二年前には南京事件が起きている。何があったのかを中国人男性の視点で迫ったのが、堀田善衛の小説「時間」である。数々の残虐行為を描いた。日本兵に惨殺された同胞を。

「…裏門外を流れるクリークに投げ込む仕事をさせられた。なかには、まだ気息ののこっている人もあった」…深い泥沼にはまっていくような日中戦争があり、その延長線上に日米開戦があった』〈朝日新聞抜粋〉

「記憶・印象」にまったくないのですが、わたくしが4歳の頃「2・26事件」が起きている…いわゆる「クーデター」である。

１９３７年三十名の陸軍将校（参加数百名の陸軍兵士）によって皇居付近において時の「政府関係者」数名が「殺された」。海軍はその情報を掴んでいたという。（「分刻みの詳しい記録・ＮＨＫ・ＢＳスペシャル２０２１年3月５日」）

第一次世界大戦後、「ドイツ・ヒトラー」の台頭。「ヒトラー」は日本でも英雄視された。大手出版社からも大型の「絵入り本」が出た。日本の少年たちに「希望・勇気」を与えた…。

真珠湾攻撃１９１６年12月８日。九軍神の華やかな写真集が出版された…はっきりと記憶にある。やがて資源獲得のためか、南太平洋へと進出・太平洋戦争・第二次世界大戦…圧倒的な「国力・戦力」差で追い返された…。

「レイテ島沖海戦」「アッツ島・硫黄島玉砕」「沖縄激戦ほぼ全滅」「〈ひめゆりの塔〉」…「ひろしま・ながさき」大型爆弾（原爆）投下される。

それらのことを「ラジオ・おとなの会話」などで遠くの方で起きた出来事のように感じていた…。

玉砕覚悟は、内地の軍隊の中にも及んでいたと考えられる。全部（国民）の「いのち」をかけて交戦すべきの「令」は、出ていたか出る寸前だったのでは…。

「原爆」は確かに「人道的」ではない（戦争そのものも）。しかし、あのとき「それ（投下）がなかったなら」……「軍隊を中心とした」日本国内の住民の一部は、「いのちを投げ出す部分玉砕」に「走った・突入」の方向にいたのではないか…。

それより少し前・僅かな「本棚・本」の中に「パラオの神話伝説」というのがあった

〈姉や兄たちのものだったと思う〉。わたくしが小3か小4くらいか…中身は読んでいない気がするがページはめくっている。「神話」ということばの「響きと文字」が妙に「印象」に残った…。

ある時期、じっとしていられなくなるような「軍歌調」の勇ましい音楽が「日常的」に「レコード・ラジオ」などで流された―それは、こどもたちの「まんが」にも…「のらくろ上等兵・アジア大陸人はブタであった」「肉弾三勇士・実話〈戦中に映画化〉」…まんが映画では「桃太郎」が軍隊長（小学校で観劇に…）。

『軍歌というと、国が作って国民に押しつけたというイメージがあるでしょう。あるいは一部の人たちにとっては、「日本精神の結晶」であり、神聖な歌なのかもしれません。しかし、当時は売れるから作る、あくまで商品でした。人々は今でいう「Jポップ」として喜んで聴いていた面もあったのです』〈権力と企業・軍歌で戦意高揚・近現代史研究者辻田眞佐憲〉〈朝日新聞抜粋〉

ただ、ふしぎだったのは「今夜、この地が空襲される。おまえは夜になったら、ひとりで疎開先まで避難するように…」と（学帽だけ被って手には何ももたなかった）。〈路地から通りに出て北へおとなの早足で一時間あまり、一本道（県道）・小さな山形状内の寺と、平地もある公園・池もあり、木々に囲まれていた。その一隅、農家の離れ小舎、母や姉妹たちは何日かまえから、そこにいた。姉は戦況が激化し郷里に戻っていたのかもしれない。姉は未熟児として生まれたという。「この子が育てば石橋に花が咲く」と、お産婆さんがいったそう。大正の終わり頃である。九十才までも生きたわたくしは、ひとりの頃、姉とその家族には迷惑のかけっぱなしだった。十才ちがいの弟として許してくれていたのか…。妹は、のちのわたくしの妻と同い年。弟は生まれたばかりの赤ん坊。当夜の空襲がなぜわかったのか。聞いたような…が、忘れてしまいました〉

おそらく焼けてしまうだろうから、最期に「映画を見てゆくように」と。映画館はすぐ近くにあった。内容は戦争に巻きこまれてゆく「訓練所」みたいなところで女性にも「敬礼」させろと勇敢な女性「見習い兵士？」の発言の場面…そこが印象に…。次兄は、朝三時起きして熊谷飛行機場に自転車で通ったことも。

〈高崎方面～本格空襲８・14夜半～15未明…その正午　敗戦のラジオ放送〉

「空腹を抱え」「焼け跡片づけ」の手伝い…。

井戸は「職業がら」掘り抜きのコンクリート枠のもので…息子を映画にやった後、ポンプの口に布などの「あて物」をして「水を張って」おいたので「弁」は猛火のなか無事だった。風呂も「鋳物製の大きい四角・周りはタイル」のもの。これも水を満たしておいたので無事…。

ただ、広々とした焼け野が原だから、井戸には、人の行列ができた。必要なとき、母も姉もその行列に並ばなければならなかった。

もっとも「仏壇」は「叔父」が桐ダンス・洋服ダンスなどなど「疎開荷」に入れてくれていた…「叔父」が「牛車」で「赤城山の麓」のほうまで「疎開」…（叔父一家には戦争を挟んで大変な恩義を…）旧我が家を商店街の方に出て「大通り」で叔父がゆったりと軽く牛に鞭を当てた光景が、その一場面が鮮明に脳裏に…叔父のたくましい壮年の姿が…後年　叔父の「男三人、四人の娘」のうち、娘の二番目「H子」（戦後一時期我が家のしごとを住み込んで手伝ってくれていた）が郷里で嫁ぐとき、おとなに交じって、わたくしも

妹も参列した。長閑な日和であった。〈遥かなる山裾の村　みどり場の霜とけし道果つこ
となき幸いあれと　嫁ぎゆく義姉を送らむ〉
母がこの地を立つ時も、山はそれを見ていたのであろう。「やがて母となる児が…いま
誕生しているかもしれない」…そして、これからのちも、山は…。
わたくしたちの住んでいた地方から見ると母の郷里は遥かであり、山のすぐ近くのよう
に思えた。しかしそこから山の麓まではまた少し距離があった…。

思うに、母はもしかしたら、わたくしが幼児期から「極度に死を恐れて」いたので自分
の持分までもそこに「分け与えて」しまったのでは…。
わたくしの出産の一週間まえに祖母が亡くなっている。母胎にあって極度の緊張感でそ
れをうけ止めたということはないのだろうか…。わたくしのなまえは僧侶がつけてくれた
ものだという。それがそのときの方かどうか聞かず仕舞いだったが…。あまりにもわたく
しが死を恐れていたので「仏門」に入れてみたら…という話がでていたという。

母の若い頃の写真を見たことがある。和服でテーブルに椅子、そこに置かれた分厚い

本。母は明治の終わりの年くらいの生まれ、おそらく大正の娘時代のもの。山が近い田舎、農家。その母が晩年「わたしは小説がかきたかった」と、しみじみした口調でいったことがある。その頃のわたくしには、なぜものが書きたい…。もしかしたら、それだけで充分「不満・不幸せ」だったのでは…と思えた。

工場に多勢のひとがいた頃、母は事務関係を一手に引き受けていたらしい。達筆というか見るひとを圧するほどの勢いのある文字…。

わたくしは十代の頃、ずっと日記をつけていた。その中の行間に「自分の想いを　書き記せるのは　しあわせなり」という、わたくしの文字ではない文字があることに、いつか気づいた。それはながい期間のなぞであり、いつか兄に確かめたことがあった。

母の文字であったかも——ついに確かめることがなく終わった…。

いちばんの安心は、戦争がなくなったことでした。「敗れた」悔しさよりも、これで空襲がなくなる、兵隊にとられなくてすむ…。

進駐軍がきて指導者から「日本人の精神年齢は十三才」といわれたと思った。

〈のちに知った正確な記録・アメリカ公文書〈テレビ〉では日本人は十二才・ドイツ人は

十五才だった）

学校校舎も焼け落ちていた。その瓦礫の山を横目で見ながら、地面に直に座して「教科書に墨塗り」（その日は快晴だった）。

きのうまでの「教育・修身」は「誤り」、これからはほんとうのことを教えるという。

小学生の混乱は、べつのところにも。

「國＝国」に、「てふてふ（蝶々）＝ちょうちょう」に…。

混乱はなおもつづく。戦災に遭わなかった他校の校舎を借りて（転々と三校）半日授業…。

大きな権力の「うそ」によって、国の内外が進行していたのだった。

それでも日本は「仏教国」であった。

しかも「神の国」でもあった。

## 九章　活性所属

人間の「からだ」から最期に離れていくのは
目に捉えきれない　微かなもの　それは
『こころのひだ・業・種子』でした
無心定に入ったとき
こころが死滅するのであるから
死とおなじ状態になるはずだが
けっして死とおなじでないのは
その奥に「業・種子」「アーラヤ識・阿頼耶識」
「アマラ識・阿摩羅識」「無垢識・如来像」が
不断に持続して身体を
維持しているからである
それを『暴流の如し』と呼ぶのもあります

『遠方から見れば滝は一枚の白い布を
垂らしたように見えるが接近してみれば
はげしい水の落下で時々刻々と変わっている』

ふつういわれる「死」によって
「人間」から離れていった『業・種子』は
「広大・厖大」な『「空間全体」に
「充溢・展開」する』という
その『業・種子』が原初にあり
「万物・人間」に「転化・新生」していった
『業・種子』は機会が訪れれば　ふたたび
つぎの世代へと『はたらきかける』
『業・種子』一個一個が「人間・万物」に
それぞれ「侵入・形成・離別」するのか
無数の『業・種子』の

はげしい「流れ・波動」が「滝」のように
「人間・万物」を
間断なく「貫通・運動」しつづけ
ときに「去り・断絶」〈したように思える〉のか

いずれにしても「視点・本質」を
「転生・活性」化する一瞬が
否応なく訪れると思われます
そのむかし「葬儀」などなかった頃
「生のあと…」は　たんに「自然への還元」でした
「格式」ばった「儀礼」が長くつづいて
もっともらしく戻ることのない「最果て」へと
「死者にして」追いやってしまった—

やがて「出生」となったとき残念なことに

「過去」は「記憶・学習」としては作動しない
ときに「変化・異質」の「動態」もあるが
それは『業・種子』とは
べつの「因子」といいます
『まったくあらたまった感じの生命の誕生となる
はじめて　この地上に生誕したように感じる
これのくりかえし』という

その最中「人間・自分」の方向を「希求・念ずる」
ぬけたくてもぬけられない　どこかに
『「所属・存在」しつづけなければならない』
わたくしは居所を求めてさまよいました
人間「方向・選択」しだいで　けっこう忙しい

## 十章　なまけもの

「なまけもの」と名づけられた動物が
テレビに映し出されたとき
自分が「さらしもの」になっているようで
異様に恥ずかしかったのをおぼえています
けれど似ているというだけで　こちらが
罪悪感をおぼえ　ちぢみあがる必要もないわけ

傍がどう思っていようが　かれだって
大まじめに生きているにちがいありません
そう生まれついただけでしょう
ただ　あれで天敵から身を守れるのでしょうか
それとも　はじめから自分のいのちに

こだわらないで　いのちを襲った
相手の内部での「自然の転生」を
見とおしてのことなのでしょうか

わたくしのばあい　脚はよわくなったが
からだはどうにか　うごく　「なまけ」は
「気持ち」のほう　自分の「内側」を
「なまけもの」が表現しているのです
ゆったりすぎて　まさしく
「なまけ」ているとしか思えない
不快なくらいに　のろのろとした　あの動き
「もたつき・あせり・つまずき」と　つづき
それをくりかえす　自分の歩みを
「なまけもの」に　見透かされたようで
ちょっとうろたえたのです

# 十一章　準備

人類の破局は
地球が生物の生存を　やむなく拒否するよりも
はるかに早く訪れるでしょう
それまでの「物質・財源」本位の
「ものの見方・思想」が　人類を
「略奪・破壊」と無縁でないものにしてきたからです
自然の岩や山や川が　実は人間のいのちそのもの
図式は簡単なのに　それを軽視
忘れさせてしまっているのです

人類が人類として地球に生息しているのは
ある一時期である可能性が高い

『業・種子』の「展開・躍動」は　そのあと
かたちをかえながら終わることなく
つづくことになります
そのとき「なにもの」かによって
「地球・人間」時代が回想される　その回想の
主は　もと人間である公算が大です
しかしかれらに前（文明・二期目）の人類との関連を
見つけだせるかどうか
時空を超えて棲みつづける「真理」を
「人間・人類」が自覚したとき
「真実の光」が射すはずです
「現人間」にとって　それは「見る」のではなく
「感じる」対象　「感じる」には
相応の準備が必要と思われます

ふつう「電波」を「からだ」では「捉えて」いない
ある「装置」を準備して
はじめて「受信」できます
それを具象化すれば「絵」があらわれる
その「絵」はスイッチひとつで消え
あとは　「電波」が占拠しつづけます

何もなくなるというが　それは
「物質・からだ」「画像」であり
『業・種子』「電波」についてではありません

あたまで考えているうちは
「からだ・物質」と『業・いきおい・種子』とは
区分できないといいます
「信教・仏」を「かたち」では

捉えにくいのと　おなじかもしれません
「作為・思考」が「破砕・停止」して
「混沌・無作為」な「土壌・状態」のときに
突如それは「現出・感知」される
ということでしょうか
人間が「容量・限界」を超え出られたとき

# 十二章　粉砕選択

『仏教を聞いての納得や合点とは別のもの、
一切の合点や理屈が粉砕されたときでなければ、
ほんとうのいのちは獲得できない』という
現在・過去において
「真の伝道」をおこなった「信教」家は
自分が「幾たび」か「生・人間」を
経過してきていることを
何らかの「かたち・『法』」で
感知しているのではないでしょうか

『私たちの本性は清らかな仏性である。
それが煩悩のさびによって曇らされているから、

修行によって各自固有の仏性を
みがきだすこと…』
というふうにいって
「信教」家は数多い「経典」の中から
自分に納得のいく「経典」を選び
それを「信仰」しました
のちに他の「経典」を
それに加えることもあり
また他の書物で自分の考えを表出したりもした
それぞれの　すぐれた「才覚」がそれをおこない
各「宗派」が生まれ
よいものが千年以上も生き
現代人に　はたらきかけています

ある教えの『定三昧・瞑想』は

『三種の瞑想
空の瞑想（空）しるしのない瞑想（無想）
望むところのない瞑想（無願）
すべてのものを対象として
それらが本体のない空なるものである～
「束縛・執着」から離れること～』
『一つの対象に注意を集中して定三昧に入ると
その名まえかたちは消えてしまう
生じもせず滅しもせず来たらず去らず
作られたものでもなく変化もしない
いかなる形でも現象せず
時間的にも空間的にも無限無辺である』

ある思想の『死復活』というのは
『死者その人に直接起こる客観的事件ではなく

愛によって結ばれ
その死者によってはたらかれる〜
生者に対して間接的に自覚される〜
交互媒介の事態』のことという

また「国中」の人間が
あるひとつの「宗派」に結集しなければ
国が衰微滅亡するというのもあります
これには「信教」の自由をうたっている
憲法がからみ　その『条目』が
「七十数年まえの戦争と敗戦」に到るまでの
『国家一宗派の跋扈』
それが母体となった『日本』の崩壊
「神風」が吹いて、最後には必ず日本が勝つと教えられていた。背景には「蒙古襲来」
「日露戦争」などがあった?

「廃仏」仏教弾圧。中国・唐の頃。
日本では「廃仏毀釈・排仏棄釈」仏法を廃し、釈尊の教えを棄却すること。
慶応四年（１８６８）三月、神仏分離令が出され、
これに伴って神社と仏寺との間に争いが起こり、
さらに寺院・仏具・経文などの破壊運動が起こった〈辞典〉。
さらに…明治初期に起きた仏教排斥・毀釈運動〈テレビ〉
神道を国教とする政策の下で、
寺院・仏教・仏典などの破壊が起きたという。

これの『再動』をおさえることにあった
したがって「信教」の一本化が正しいとしても
実現するにはそのまえに「憲法、信教の自由」
の問題があります
「国家の安泰」と「個人のこころの平安」と

…人々の「信教」への希求は
それを内に包んでいる　としての
ものなのでしょうけれど…

そういったことも含め
数多くの「思想・信教」の中から
ひとつだけを選ぶのはむつかしい
各「宗派・思想」はたいてい
これだけが「正統」であり
他は　どこかに多少「異なり」がある
というふうに捉えています
まったく「信教」に無縁でいられれば
べつですが　いくらかでも
関心を示しかけたとき　これでは
とまどってしまいます

それぞれが　すぐれた「教え」に思えます
ひとつだけ選びとれるほどには　とても
わたくしには「全体」が見わたせません

# 追伸　十二章半　春の憂い（人類よさらば…）

そんな中から　ひょっこり頭をもたげ　蠢いたのは
「もぐら」？…「ごきぶり」？　それとも　風にそよぐ草花…
砲弾がやたらと飛び交い　死の灰が天空を覆って…
あれから…五十年は経ったろうか…
それとも　五百年…
〈中途半端〉に頭のいい　争い好きな生きものたちが
勝手放題に　振る舞い…挙句　壊滅して―

一人ひとりは　平和と愛とを　切望しながら
「集団・民族」とか「国家」的な規模で捉えると
ほとんど「愚鈍・狂乱」の群れだった…
「破滅」を目指して「全力疾走」

なぜ　そほどまでに「かれら」は「絶滅」を急いだのか―

「かれら」は　どうやら　大いなる思いちがいをしてしまったらしい
自分らが　宇宙空間での最高レベルの頭脳を有した「選ばれた存在」だと…
（数千年　あるいは一万年くらいの単位で　それを　くりかえす定めなのかも…）
その意味では「おめでたい・しあわせ」な生命体なのかもしれない…

地上にようやく　むかしながらの　春が訪れた…
…のだが「カレラ」の心配ごとは…まだ　終わっていない
どこかに　変てこな「残存者・かれら」が　いないだろうか…と

「カレラ・あらゆる生命体」にとっての　春の憂いは
…まだ　はじまったばかりなのだった

実は　そんな小さな数字ではないことを　実証しようと

している「ｋａｒｅｒａ」の存在は　まだ
「だれ」にも　気づかれていなかった…

# 十三章　誘い

自分の年齢の半分くらいの青年と出会ったことが
「仮満足・小世界」に浮遊する自分を
見つめ直させるための誘いとなりました
公園を散歩していて
ちょっと　あいさつしたことから
かれとは　ことばを交わすようになりました
絵を描きはじめる少しまえ　一時期のこと

ある日いきなり
「…世の中の人間を善人と思いますか
それとも悪人と思いますか…」
というふうなことをいわれた

ひとに「悪人呼ばわり」されるほど
「アクドイ」ことをしたおぼえはない　さりとて
「善」人と　いいきれるほどの生き方もしていない
そのときまでは　漠然としたものでした…
それまでに　かれとは数回きり
会ったことがなかったのです
「世の中には　よいひとが
たくさんいるのではないですか…」
突然のことでもあり
そんなふうに返答しました
正直いって　その時点では「悪」人の部に
自分を入れていませんでした
その生き方は「わがまま・無思慮」でした
生前の父母に対する「忘恩・罰当たり」的言動

周囲のひとへの妄動的所作
その延長の　人生全般での
「浮薄・迷惑」行為のかずかず
本人の自覚だけが薄い――
それをうけた相手方の傷口にまで
思いを　馳せただろうか
すでに時間的にも間に合わない
日が経つに　まかせて
忘却を決めこんでいる「愚鈍、卑劣」さ

しばらくして「王舎城の悲劇」という
「ものがたり・仏典」のビデオ化したものを
青年が見せてくれました
わたくしは　はじめてでしたが
「有名なお話だから

知っているひとがたくさんいる」
とのことでした
そのさい「親切」心についての
質問をうけました
「親切」心　これはどこにいても大切
山歩きなどで　ひととすれちがい黙礼する
べつに　あいさつを強要し合うわけではない
冬枯れの山中などで人間に出会うと
なつかしい思いがする
何かあったとき「親切」をうける
あるいは「親切」をかえすことも
その思いの中に
含まれていたのかもしれません

「親切」は　いたるところにころがっている

問題は　その中味であるという
「親切」を仲介に　ひとと接したとき
その「親切」を
相手がどう「評価」するか　微かにでも
期待する気持ちが　はたらいていないか
自身のこころの奥深くのところで…
と　青年はいうのです

「親切」の押し売りは論外として
こころのこもった「親切」であっても
そして　お礼の何かまでは期待しないまでも
せめて　ことばによる
「挨拶・返礼」くらいはと…
それがすでに純粋ではないというのです
これは　この「ものがたり」とは

直接的には関係ありません
「王舎城の悲劇」この中には
いろんなものが詰まっています
これに触れたとき　お話が
あまりにも幼稚な設定に思えて当惑しました
いくら何でも　これほど単純な
悪人救済法はないだろうし
それを　そのまま演じさせる作者も
まれだろうと…それが
時間が経つにつれ
こんなこともあるかもしれないと
しだいに現実味が増してくるようになりました
わたくしには　この「ものがたり・仏典」が
とてもふしぎな「生きたもの」

むかしから知っていたこと
みたいに思えてきました
自分のことなのではないか
しかも真実から目をそらすように
距離をおこうとしている自分
これは　たんなる「ものがたり」ではなく
実際にあったこと
また「仏」が人間に姿をかえて
演じて見せたことだともいわれています
ある「信教」家の解釈です

# 十四章　ものがたり仏典

インド、2600年くらいまえ、
いわゆる「釈迦」が説法していた頃の、
ある国の王と妃、そして、
のちに生まれた王子のものがたり。

＊

国王夫妻には、悩みがあった。
後継者がいないことだった。
自分たちの年齢から考えて、それは急を要した。
その焦りがふたりを占い迷信へと走らせた

その占い師によると、
現在ある山中で、ひとりの修行者が、苦行をしている。
その寿命がつきると、国王の子息として生まれかわるという。
しかし、五年待たなければならない。
国王夫妻にはその時間はない。
軍隊を派遣して、その修行者を殺してしまう作戦にでる。
国王夫妻もそれに加わる。

槍を突き刺された修行者は、

「おのれ、このうらみ…かならず、はらしてやる…」

すさまじい形相で、国王夫妻を睨みつけ息絶える。


やがて夫人は懐妊する。

夫人には新たな不安が、夢の中でおそう。

修行者を殺害してしまったことへの、罪悪感である。

こころに安堵のときはない。
けれども国王は、戦争では、もっと多くの人間を殺害してきた。
夫人の思いが理解しきれない。
それでも夫人の願いを聞き入れ、ふたりは、ふたたび占い師に見てもらう。
この太子は両親に大変な恨みをもって、おなかに宿っている。
成長したら、きっと親を殺すだろうという。

追いつめられた夫妻は、おそろしい計画を立て、それを実行する。
二階の産室から、剣で林を作った下の階へと、胎児を産み落とす。
ところが生まれたこどもは、小指一本を切り落とされただけで、命に別状はなかった。
夫人は産声を聞き、幼い生命への、母性の愛に目ざめる。
小指のことは一切秘密、箝口令が敷かれる。

王子はすこやかに成長していく。
しかし、長ずるにしたがって、異常な凶暴性を発揮するようになる。

王夫妻は、釈迦の説話に耳を傾ける。
その教団を援助する。
王子に家督をゆずる。

ところがここに邪魔者が現れる。
釈迦のいとこに当たり魔力もつかえる、ダイバという宗教者がいて、
釈迦を妬み、国王との接触を嫌って王子に接近し、
出生の秘密を暴露してしまう。

怒り狂った王子は父王を牢屋に、閉じこめてしまう。

王妃はそれを見舞う。

ひそかに栄養のあるたべものを、肌に塗ったりして持ちこむ。
王子は時々、様子を見にゆき、国王が衰弱していないことに疑惑を抱く。
王妃の行為は発覚し、王子は母を殺害しょうとする。
が、側近の身を挺した制止に、思いとどまる。
王妃は、王とは、べつのところに幽閉される。

一方、釈迦はある日、城の裏手にある山の、
山腹の小さな平坦地で説法していて、
王妃の悲痛な救いの叫びを聞く。
その日の法話をとりやめて、山を下り、
城のひだり横手の山中にある牢へとむかう。
囚われの身の夫人は、あらん限りの、毒舌を釈迦に浴びせる。

雑言はやまない。

「私ほど不運な者はありません。
あんなに苦労して育てたのに、こんな虐待を受けるなんて。
一体、私が何をしたというのでしょう。
悪いのはみんなあの、王子じゃないの。
あんな親不孝者をなぜ、私が持たねばならなかったの」

「本当は、王子は素直ないい子だったのです。
それをあのダイバの悪党がそそのかしたのよ。
一番悪いのはあのダイバよ。
あいつさえいなければ、こんなことにはならなかったのに」

「それにしてもお釈迦さま。
どうしてあんなダイバといとこなの。

貴方があまりにも偉大だから、ねたんだダイバが、しくんだこと。

そのために私たちまでが…」

「私がこんな目にあったのは、あの子がいたから。

あの子がひどい仕打ちをしたのはダイバのせいよ。

ダイバがとんでもないことを考えたのも、貴方がおられたからです。

私がこんなに苦しまねばならないのは、元をただせば貴方のせいよ」

釈迦の無言の説法

「人間は、現実の結果には驚くが、過去のタネまきは全くというほど気づかない」

「私はなんのために生まれてきたのでしょうか。

こんな苦しい、おぞましい人生、この世ながら地獄です。

来世は二度とこんな地獄は見たくない。

どうか私を苦しみのない世界へ、行かせてください」

苦しみの原因は、どこにあるのか。
それは「己の暗い心」にある。
「心の闇・無明の闇」を解決し、苦しみから脱するには、
ただ「法」を求めるしかない。

夫人の切なる希願に、ようやく口を開かれた釈迦は、
眉間の「白毫相《びゃくごうそう》」より光明を放って、「仏の国土」を展望させます。
「まぁ、なんというすばらしい世界…」
つくづくと、それらの「国々」を拝見した夫人が、
「仏界の国土は、いずれも結構なところではございますが、
私は「諸仏の王」であるところの、『仏』の「浄土」へ生まれとうございます。
それには、どうすればよろしいのか。
仰せのとおりにいたします」
夫人は目をかがやかせて教えを請う。

『仏』の「浄土」へ生まれたい。
これ一つを、願わせたいのが目的だった釈迦は、
待望していた夫人の言葉に、はじめて会心の笑みをもらす。
「夫人よ、そなたがお慕いしている『仏』は、
ここを去ること遠からぬ処におわします。
そなたの「心眼」が開けたならば、
つねに寄り添いたもうことに気づくであろう。
一心に『仏』とその「浄土」を、思い浮かべるがよい。
そなたや未来の人々のために、いろいろのたとえを説いて、
「浄土」に生まれる方途を示してあげよう」

「己の暗い心・無明の闇」
熱病の者は、どんな山海の珍味も味わえないように、
心の暗い人は、どんな幸福も味わえない。

「釈迦」は美しい「諸仏の国土」を、夫人に見せられた。
中でも、ひときわまばゆい「極楽浄土」。
夫人は、それへの再生を切望する。
修行者を殺し、わが子の殺害までも企てた、悪女が…。
釈迦は夫人のこころを、「法鏡」に映して見せる。

夫人は疲れ果て、やがて、
自分の救いようのない愚かさ、罪深さに気づく。
地獄しかゆき場のない自分だったことに…。

すると突如、釈迦のすがたが消え、
そこに『仏』が出現して夫人は救われる。
夫人は「浄土往生・第一号」となる。
その後、王は獄死するが、夫人と王子は和解する。

王子の改心は、母の愛と、王子自身が、
「法」を聞くようになったからであった。

# 十五章　迫る

これが「ものがたり」のあらましです
問いを　ひとつに絞ってみます
何ゆえに夫人は『浄土往生』できたのか
あれほどの「悪」事をおこなったのに　なぜ
夫人は心底　自分を「悪」人として
「ざんげ」しました
このことがすべてかもしれません

最期に夫人が到達したのは「絶望」でした
救われたいという思いを
「完全放棄」しています
それは『地獄』をも辞さないということです

『明治という時代において、すでに仏教はじゅうぶん堕落していた。
仏教は、葬式をつかさどるものでなかったら、地獄・極楽という幻想で、
人間に道徳的恐怖（地獄絵図など）をふきこむものでしかないように
人びとには思われた』

『地獄の思想にたいするこのような批判は、
もし地獄・極楽が、俗仏教のいうような
因果応報の思想にすぎないものであるならば、たしかに正しい』

『そうであればいくら軽蔑の視線を投げてもよい』

『しかし、地獄・極楽の思想が、もともと、
そういうものでないとしたらどうなのか――』

『地獄と極楽がまったく別なものであり、
地獄の思想のなかに、もっと深いなにかが、
近代人が見失おうとしながら、なおかつ、
人生の真実であるなにかが、かくれているのではないか――』

『もしも、現世を苦の世界として考えたなら、
どうして純粋苦悩の世界である地獄を考えずにいられよう』
『地獄は、苦悩が純粋化され、客観化された世界である。
現世を苦悩の場所、地獄とみる見方が――』
『地獄・極楽という一対の言葉が、一対の言葉でなく、
仏教においては、地獄のほうがはるかに古く重い言葉であり、
極楽というのは、のちに仏教に出現した、
はるかに新しい、はるかに軽い言葉』
『大乗仏教には、深い厭世観をおのれの背後にもった、生に対する「肯定」がある。
この世界は、苦しいもの、空しいもの、不浄なものかもしれない。
しかし、この世界をもういちど「肯定」しよう。
そういう姿勢が「大乗仏教」にはある』

『「浄土・天国」へゆけないひとは「地獄」に堕ちるというが、
人間は生来的に殺しをおこなってでも、生きなければならなかった。

食物の獲得以前に自分が殺されるのをふせぐ必要があったはず。
どんな「地獄思想」も人間が生みだしたもの？
それがどんなに「過酷」なものであったとしても、
人間は自分が生きるために殺しをおこなわなければならなかった』
王たちのばあいの殺しは「保身・跡とり」のためのもので
直接身にキケンがおよんではいなかったが

「信教」の「むかしがたり」などで
「悪」人ほど救われやすい傾向を感じさせるのは
「悪」人が「抵抗」しないまま
自分を「悪」と認めているところではないでしょうか
ふつう　そんなことはできません
自分を「善」人とまではしなくても
すすんで「悪」人とは考えない
そういうことが「信教・絶望・さとり」への

「段階・境地」を妨げているのでしょう
とすると　むしろある時期
積極的に「悪」を生きたほうが
最終的な救いに直結してくる…
しかし　ふつうの「神経・人間」には
それはできないでしょう

人間が判断したときの「罪」は
殺しのばあい対象は人間であり
「もろもろの生きもの」までは
その中に入っていません
が「仏眼」からは「生きものすべて」
おなじではないでしょうか
さかなを「焼く」ことと
人間が「火葬」されることの差異はないはず

そこに　ちがいがあるとしたら
人間に食されるために　さかなは「焼かれる」
「悪」人の「ざんげ」の中に
さかなを「焼く」ことの「罪の意識」は
表面化されていないかもしれません
内容を個々に具体的に示すのではなく
総合的に「おこなう」のでしょう

生きもののいのちを絶つことを
罪深いとするか
生きるためには当然のこととするか
「ざんげ」の姿勢も
それによって異なったものになるでしょう

その奥にある『無明の闇』

そこに「大不安感」が生じることがある
それも気にしないとなれば　べつですが
一般的には
「避けられない大不安感・『無明の闇』」
わたくしの幼児期からの最大の関心事

「信教・『法』」によって　それを克服すれば
ふだんの生活「幸福の追求」はそのままに
「至福」の「境地・境涯」を
獲得できるといいます

その「大不安感」が
いつの間にか「薄れて」しまっている
そこからはじまった一連の模索でした
「大不安感・『無明の闇』」

それをつよく感じとるのは　多くのばあい
「生」の終了間近といわれています
いまはそのことに鈍感になっていても
たんに思いちがいをしていても関係ないのです
それへの対処のひとつは
「信教・『法』」への近づきであり
もうひとつは　身勝手なわたくしの
単独での「手さぐり・探求」であったわけです

『「私の考えこそ真理だ。他は間違っている」と独善的に主張するせいで、
人はいつまでも争いの中に留まり続けることになる』〈『経集』第796偈〉

『「私こそ」が世界との妨げになっている、「言葉も妄想である」』という
『「私」を去り「空・無」に身をおくことができれば…』と
『無明の闇』の克服は

「信教・『法』」に導かれてさえ至難の「わざ」なのに
個人での「克服」は
「夢ものがたり」に近いでしょう

その前段階『空・無・こころの静止』を求めることは
「信教」の問題としてだけではなく
自分の「生きざま・本質」にとって
大切なものであると感じます
顕在化が望まれます

人間は自然の産物であり　人間が求めてやまない
「神・仏」とは　自然界に　もともと存在している
「あるもの」の別称にすぎないのでは…
「非情」のうえにありながら「至福」を内包して—

けれどもそれが『無明の闇』の打破に
直結すると考えるのは「無知・傲慢」の
あらわれかもしれないのです
「ものがたり」にある『法』に
耳をかたむけることの意味を　もういちど
考えてみる必要がありそうです

『古来、仏教を「抜苦与楽《ばっくよらく》の法門」というが
「衆生の苦を抜き、楽を与える」これ以外に仏教の目的はない』という

それでもなお　わたくしは
単独での道をゆくにちがいありませんが…

## ♪終曲――なんじゃもんじゃ

脚には少年の頃から自信があって
老いてからもエレベーターなどは避けていました
あるとき公園を歩いていて
調子にのって走る体勢にしたが
あっけにとられてしまった　走れない
まだ　あるていど歩けるのに　どうして…
むかしは　小さな催しものなどにも
積極的に参加していました
あまり速くないので　選手にはなれなかったけれど
走るのが好きで　単独でもいたるところを走り回った
老いたとはいえ　気持ちはまだ
その延長線上を走っていたので

にわかには得心できないのでした

その頃は　夢の中にさえ
長距離コースが設定されていて
いつのときも　何人かの走者がいるのです
コースといっても　ふつうの道路であり
山路のようでもあり　ときには障害物競争のように
古い大きな家の廊下であったりもします
階段をのぼり天井裏を抜けたりもします
…久しぶりに　そのコースの上でした
それなのに夢の間隔があきすぎていたせいか
それとも　現実に走れなくなったことを
知ってしまったからか　途中から見知らぬ
「コース・背景」になってしまいました

どんよりとした感じの風景でした…
とある農家の庭先に
「なんじゃもんじゃ」の木が立っています
以前ある地方で実際に目にしたとき
そこには　時代劇に見るような立看板があって
いろんな木の枝や幹がからみ合い
何の木かわからないもの…
というふうなことが記してありました
おとなが三人　両手をのばして囲んで
それで　おさまるかどうか…
夢の中の木の胴回りは　それを上回るほどの巨木でした
それは見事すぎて…あまりにも複雑すぎて　困惑しました
どこから見はじめたらいいのか…
時計回りに二周して　逆にも一回　回ってみた
しかも　何かの実がついている

ついていなかったかも　しれない…
それぞれの枝が
どの幹をとおして
地面から　にょきにょき盛りあがり
どの根に　ゆきつくのか…と
実の取得とも直接かかわりのない
それこそ枝葉のことに囚われてしまう
走りからも　はずれてしまい
迂回につぐ迂回です

むかし見た映画に　舞台のそでから
演じる役者を見ていた道化師が　つい熱中して
自分の出番ではないのに　跳び出して
主役にからんでしまい舞台を台無しにさせてしまう
というようなのがありました…と思いましたが…

実際は…演じた道化師がアンコールを受け
再度　舞台で　それに応えたさい
熱中して　舞台からまえに落ちてしまい
腰の骨をダメにしてしまう…
…今回のレースへの　いまからの参加は
もう　間に合わないでしょう…

目がさめて　念のため開いた「辞書」には
「なんじゃもんじゃ」とは
『関東地方で、その地方には見られない種類の大木を指していう称。あんにゃもんにゃ』
とありました

# あとがき

―幼い日の自分に―

あのね　空に浮かんでいる雲は
人間のこころと　おなじものなんだって
雲はときどき　人間が気づかないうちに
人間のこころと入れかわったりも　しているらしいよ
自分のこころって　なかなか掴めないでしょう…
自分のもののようでいて　そうでもないような
まるいと思っていても　つぎには　ちがっていたりする
…ただ方向だけはね　あるていど…
生きるって　途方もない連続だから
終わりの見えない　長い　ながい旅だから…

かたちになんか　捉われないで
雲みたいに自由に　のびのびしてごらんよ
雲が　そういっているよ

―追伸―

雲と人間の　触れ合いは
ふだん　とってもやさしく　穏やかなもの
すばらしいかたちの雲に出会うと　気持ちが和む
「かたち・流れ」「かがやき・変化」「躍動・希望」
しばし　雲にうっとりとして…
それは「水滴」の「交流・融合」　そして
そこに「なにか」が生まれ育まれる
繭を紡ぐように　「工作びと」が　作業品を生み出す
…しかしときには雲は

はげしく鋭い音響を　伴って
電光で　地表「＋・－」と　合体する…
空の雲が　人間のこころと
おなじものだということを　瞬間
強調するかのように…

# 引用（参考）文献

『聖書』新世界訳（聖書冊子協会）
『新訂古事記』武田祐吉訳注、中村啓信補訂解説（角川書店）
『日本学事始』梅原猛（集英社文庫）
『地獄の思想』梅原猛（中公新書）
『日本神話』川副武胤（読売新聞社）
『宇宙人　謎の遺産』五島勉（祥伝社）
『世界の歴史』貝塚茂樹編集（中央公論社）
『地球の歴史』井尻正二、湊正雄（岩波新書）
『真説古事記』山田久延彦（徳間書店）
『密教誕生』桐山靖雄（平河出版社）
『密教　超能力の秘密』桐山靖雄（平河出版社）
『メメントモリ』田辺元（文藝春秋）

『アミエルの日記　六』河野与一訳（岩波書店）

『「しあわせを願う相手のいることがしあわせなのだと　何度目の桜」（神戸市・高寺美穂子）朝日新聞「歌壇」2013年4・22（月）新聞評「人の幸せを願うことこそが自らの幸せなのだと言う」』

『「社会なんていうものはありません。あるのは個々の男と女、そして家族だけです」〈サッチャー〉―87年インタビューで―・2013・4・9・朝日新聞』

『「私の考えこそ真理だ。他は間違っている」と独善的に主張するせいで、人はいつまでも争いの中に留まり続けることになる。〈スッタニパータ・経集第796偈〉小池龍之介2013年8・22・朝日新聞』

『「ティッシュしゃぶり甘いと言う子のあると聞く　どこまで広がる国の格差は」・〈橿原市・當麻龍二・歌壇2016年・2・1・朝日新聞』

『わが生活と思想より』シュバイツアー、竹山道雄訳（白水社）
・諦観の関門を通過した人間にのみ世界肯定は可能である。
・合理的思索は、それが深まってゆけば、必然的に神秘主義の非合理性に到達する。

・思索する人間は、思索しない人間よりも、伝統的な宗教的真理に向かってより自由な立場をとるが、そこに含まれている深遠で不滅の根源的要素は後者よりも遥かによく吸収する。

『「使ひ捨てのやうに手荒く棲んでゐる地球さびしく梅咲きにけり」馬場あき子（朝日新聞・紹介）』

『「折々のことば・鷲田清一・498・2016年・8・24』

『「自由の獲得〜」・猪木武徳』〜「自由とデモクラシーを両立させようという「寛容」の政治体制は、意見の不一致をも受け入れるような精神の緊張を前提とする。だから樹立するには法外な努力を要するが、いったん崩れだすと止めるのが難しい。極論や思考停止に流れ、異なる意見を封殺する「空気」がすぐに社会を覆いはじめる。一経済学者の「自由と秩序」から。・朝日新聞』

『「幾つかの核の光がこの星に弾けて静かな遊星となる」〈本庄市・福島光良〉朝日新聞2016年7・4（月）・高野公彦選』

『歌人の宮柊二は1939年一兵士として山西省に赴いた戦地での体験〜〈ひきよせて寄り添ふごとく刺ししかば声も立てなくくづをれて伏す〉

〈時間・堀田善衛…裏門外を流れるクリークに投げ込む仕事をさせられた。なかには、まだ気息ののこっている人もあった。…〉〈朝日新聞抜粋2016年・12・29―同日「投書欄・社説」同趣旨意見〉』

『フェリーニの「道」のラストをやうやくに諾(うべなひ)得しはつまゆきてのち』〈大阪市・末永純三〉2016年・歌壇・永田和宏選・朝日新聞』

・「道」1954年イタリア映画・

『~太平洋戦争中の1944年、台湾沖航空戦と呼ばれる戦闘が起きた。~都合の悪い情報は軽んじる。~そんな姿勢は、あまりに多くの日本兵の死をもたらした………▽旧日本軍と同列には語れないが、過去の教訓が生かされていないのではと心配になる。南スーダンでの陸上自衛隊の活動を記した日報の扱いである。存在するのに「破棄した」として情報公開の求めを拒み、データーの削除までしていた疑いが明るみに出た。▽「宿営宿泊地5~6時方向で激しい銃撃戦」などと書かれた日報である。自衛隊派遣を続けるのに支障になると誰かが忖度し、なかったことにしようとしたか。目先の都合を優先し事実や報告をないがしろにする体質が透けて見えないか▽何も知らされていないと言う「i」防衛相が、組織を統率できていないことは明らかだ。そのもとで、事実はどこまで解明できるのだろう。〈朝日新聞２０１７年・３・18抜粋〉』―これは「防衛相」が誰かより　むかしながらの「組織の隠蔽体質・機密」の問題なのでは…

『核戦争で自分たち自身を地上から一掃したとしても、細菌は……うまくやっていき、私たちが自滅した後も生き残るでしょう。〈スティーヴン・ホーキング〉宇宙１３８億年の先っぽに誕生した人類が、さらに指数関数的な人口増加を起こしたのはここ２００年のこと。その間、科学技術は一度も「定常状態」に達したことはなく、将来もないだろうと物理学者は言う。そもそも「知性に大きな生存価値があるかどうか」も明らかでないと。「ホーキング、未来を語る・〈佐藤勝彦訳〉から」・朝日新聞「折々のことば・７０８　鷲田　清一・２０１７年・３・28』
＊２０１８年３月76歳・ホーキング逝去「永遠に膨張する複雑な多次元宇宙でも、ひも理論を組み合わせれば簡単に示せる」と主張。将来、人工衛星で重力波を観測できるようになれば、仮説の正しさを裏付られるとしている。博士と長年交流があった東京大の佐藤勝彦名誉教授は「晩年になっても最新の理論に挑戦し続ける姿勢は実に彼らしい」と語った。〈朝日新聞抜粋〉
『「知の巨人」…・京都・梅原猛・２０１９年・１・12…逝く……・朝日新聞抜粋』

…創設に尽力し、初代所長を務めた国際文化研究センター（日文研）。…の小松和彦所長は「先生は日文研のまさしく『父』でした。～徹底的に常識を疑う学者でした」。哲学者の鷲田清一さんは「～誰もが認めるように破格の人でした。しかし、私たちと一緒にまみれてくださる破格でした。大胆な推論を打ち出す人でしたが、奥底に潜むのはいつも悲嘆に暮れる人に赤子のような安らかさをもたらしてあげたいという思いでした～」〈朝日新聞抜粋・（久保智祥）〉

『日蓮……………NHK「100分de名著」解説・植木雅俊』
『般若心経…………NHK「100分de名著」解説・佐々木閑』
『維摩経・維摩…………NHK「100分de名著」解説・釈徹宗』
『神谷美恵子…………NHK「100分de名著」解説・若松英輔』

『大君の　今におわすを　見るにつけ　骨一箇だに無き　わが夫想う』〈佐藤一（伯母）〉
〈朝日新聞2019年・1・9・オピニオン&フォーラム〉

♪『音楽は……融通無碍にいろいろな方向に人を引っ張り込む力をもつ危険な存在である・渡辺裕』『ベートーヴェンの「第九」は、ドイツの労働者運動でも、ナチスの宣伝活動でも、東京帝大の出陣学徒壮行大音楽会でも戦後民主化の「うたごえ運動」でも、論理を超えて人々の感情を攫う媒体として絶大な効果を発揮した。昨今のような「感動」や「怒り」の「大安売り」の時代には、その効果を制御しうる醒めた知を鍛えねばと、他ならぬ音楽学者が言う。『音楽は社会を映す』から。〈朝日新聞２０１７年・７・25〉

『ひとりごと　数なき紙にいひまり　また閉るらむ白き手帖を』
〈石牟礼道子・２０１９・10・30刊行・朝日抜粋〉・〈２０１８年逝く〉

●１００年前の「スペインかぜ」以来の大問題という「コロナウイルス」が「２０２０年」から「２０２２年」にかけ「世界的」に猛威を振るう（…進行形…）
「発生」は「…19年末・中国（武漢）らしい…しかし正確なところは不明…」
……・世界的には大変な死者数…

『花震ふ　富士山　火山性微動』〈東国原英夫…２０１９年頃テレビ・選・夏井いつき〉』

『「2020年」体温だけ　記す九月の予定帳　〈横尾渉〉……・〈選・夏井いつき〉』
『選ばざる道　過《よぎ》る　独活《うど》ほろ苦し』〈馬場典子・選・夏井いつき〉
『独活ほろ苦し　選ばざりける　道もまた』〈選者　修正〉
『人類の敵と言われるウイルスは他の生き物の全てを救う〈飯島悟　選・高野公彦・朝日新聞〉

●「プラスチック・マイクロプラスチック・ナノプラスチック公害」「溶けない」「燃やすことができない」…国内で「整理・処理」ができず「プラスチックごみ」として輸出されていたが、それを受け入れてもらえなくなった…それを含め…いたるところに捨てられている…それを魚たちが、口にいれる（死がある）…その魚を人間たちが食べる…世界的にその報告がなされている…太平洋に広がるが、日本近海（太平洋）が多いという…〈2・28（日）NHKスペシャル2030・未来への分岐点〉
「コロナ」には「医療界の努力・貢献」があって　多少「あかり」が射してはじめている

21年春・《原子利用被害》・《原爆》だけでも　十分　人類の絶滅が予感されるのに…》

『折々のことば』鷲田清一〈2022・4・15〉
忘れられないのは、全く私と同じ目線で対等に話してくれたことなんです―鶴見俊輔。哲学者は15歳の「不良少年」だった頃、ずっと年上の女性（のちの精神科医・神谷美恵子）に普通の大人に対するように話しかけられた。年齢差も上下関係も意識になく、だから近所の「ぼうや」に対するようにではなく、語りあう別の一人の（個）として。そのことで彼女もまた一人の（私）であろうとした。デモクラシーの感覚は足元から育まれる？
『神話的時間』から。

**著者プロフィール**
**片山 光一**（かたやま こういち）
群馬県生まれ、東京都在住。

**時空を超えた放浪者** 未知への手紙

2023年12月15日 初版第１刷発行

著 者 片山 光一
発行者 瓜谷 綱延
発行所 株式会社文芸社
〒160-0022 東京都新宿区新宿1－10－1
電話 03-5369-3060（代表）
03-5369-2299（販売）

印刷所 株式会社フクイン


ISBN978-4-286-24745-8